Marlisa Linde
Lass mich deine Sklavin sein

AF280230

Marlisa Linde

Lass mich deine Sklavin sein

Roman

Bibliografische Information der Deutschen Nationalbibliothek:
Die Deutsche Nationalbibliothek verzeichnet diese Publikation
in der Deutschen Nationalbibliografie;
detaillierte bibliografische Daten sind im Internet
über http://dnb.dnb.de abrufbar.

Korrektorat: R.Thalmann

Covergrafik basierend auf freiem Material von Perchance.com, verändert
und nachbearbeitet.
Alle Rechte an der Bearbeitung und der Gesamtgestaltung des Covers
vorbehalten. Alle Rechte am Roman vorbehalten. Umschlaggestaltung:
R.Thalmann.

Verlag: BoD · Books on Demand GmbH, In de Tarpen 42,

22848 Norderstedt, bod@bod.de

Druck: Libri Plureos GmbH, Friedensallee 273, 22763 Hamburg

ISBN: 978-3-7597-8499-5

Inhaltsverzeichnis

KENNENLERNEN

„Was?", fragt Thomas entgeistert. Die Frage seiner Kollegin Susanne hat ihn völlig durcheinandergebracht.

„Ich fragte, ob du immer noch so auf SM stehst", stellt die junge Frau im schicken, beigen Kleid ungerührt fest, die hier an diesem Sommertag in der IT-Firma in Bielefeld an seinem Schreibtisch steht. Schnell sieht Thomas zu den anderen drei Schreibtischen rüber. Doch da sitzt niemand.

„SM? Wie in Sommermode?", versucht er einen Witz als Ablenkung zu machen.

„Nein", seufzt Susanne gelangweilt und spielt mit ihren langen, braunen Haaren. „SM wie in Sado-Maso". Sie sagt es so laut, dass Thomas zusammenzuckt. Er räuspert sich.

„Nun ja, du weißt ja, dass ich als Autor von Comic-Romanen da brilliert habe", grinst er und wird rot. Es war in der Tat eine für ihn peinliche Episode, als vor drei Wochen ein Kollege mit einem seiner deftigen SM-Comics ins Büro geplatzt war. Er hatte das Heft triumphierend geschwenkt und alle davon in Kenntnis gesetzt, dass der „ach so ruhige Thomas" ein verkappter SM Comic-Autor sei und einen Sado-Comic bei einem einschlägigen Verlag herausgebracht habe. Er war wie auch jetzt wieder rot angelaufen und hatte es frank und frei zugegeben. Natürlich war ihm nichts anderes übriggeblieben, prangte doch sein Foto frech auf der Rückseite des mit „Sklavinnen auf Abwegen" betitelten Bandes.

„Worum ging es nochmal in deinem Comic?", fragt Susanne grinsend. Er kann nicht umhin festzustellen, dass seine Kollegin eine sadistische Freude bei der für ihn unangenehmen Ausfragerei entwickelt hat.

„Um ein paar junge Frauen…"

„Sklavinnen!", unterbricht ihn Susanne.

„Sklavinnen, die…", fährt er fort, „ihren Meister verlassen und sich selbst ein paar andere junge Frauen suchen…", erzählt er gequält.

„Sklavinnen!", stellt Susanne wieder klar.

„Eigene Sklavinnen, gut", gesteht Thomas zu. „Und dann wird alles eine lesbische Rudelbumserei", endet er.

„Ich habe mal reingeguckt. Findest du das wirklich geil, mit all den roten Gummiknebeln, den unzähligen Fesseln und Riemen?" Sie hat sich auf seinen Gästestuhl gesetzt und sieht ihn aufrichtig interessiert an.

„Nun, es ist ein Buch", weicht er aus.

„Ein Sadocomic, mit…", fängt sie an und pausiert.

„Sklavinnen, ja", gesteht er wieder zu.

„Und viel bizarrer Erotik, Peitschen und sogar ein paar Nadeln, wenn ich das richtig gesehen habe."

Thomas hustet. „Ja gut, halt Spaß für Erwachsene."

„Aber so etwas zeichnet man doch nur, wenn man selbst ein Freak dafür ist, oder?"

Er hüstelt in seine Faust. „Also, so genau müssen wir das auch wieder nicht besprechen", weicht er aus und räumt demonstrativ ein paar Papiere auf seinem Schreibtisch zusammen, die mit gekrakelten Datenflussdiagrammen vollgezeichnet sind. Er beobachtet seine Kollegin, die aber immer noch keine Anstalten macht zu gehen.

„Ich frage nicht für mich, sondern für eine Freundin", gibt da Susanne plötzlich von sich.

„Bitte wie?", fragt er und starrt sie an.

„Nun", beginnt Susanne langsam. „Ich habe da diese Freundin."
Sie wedelt ein paarmal mit der Hand in der Luft herum. „Sie ist
wirklich ein abgedrehtes Ding. Völlig durch den Wind eigentlich."

„Redet ihr von meinem Entwicklerteam? Von wem ist die
Rede?", ertönt plötzlich eine sonore Stimme. Thomas bleibt vor
Schreck fast das Herz stehen und er sieht, dass Fred, der
Entwicklungschef, im Türrahmen steht.

„Nein, nein. Reine Privatsache", erwidert Susanne lachend.

„Dann ist es ja gut", murmelt Fred gedankenverloren und
vertieft sich wieder in seinen Tablettcomputer, den er in der Hand
hat. Er wendet sich zum Gehen. „Warum sollte man das auch
hervorheben, wo doch alle im Team völlig abgedreht sind", sagt er
tonlos und geht hinaus. Thomas schnauft erleichtert, da steckt der
Entwicklungschef noch mal den Kopf in den Türrahmen.

„Cooler Comic übrigens. Machst du auch mal was mit Daisy
Duck? Ich bin ja Disneyfan, weißt du?"

„Äh, also", stammelt Thomas. "Das geht wegen dem Franchise
nicht. Also…", will er fortfahren, doch Fred unterbricht ihn.

„War nur ein Witz, Thomas", erklärt er noch und dann sind nur
noch seine Schritte draußen auf dem Korridor zu hören.

„Also, meine Freundin", beginnt Susanne von neuem. „Sie war
jahrelang in einer Beziehung mit so einem SM-Master oder Meister
oder wie ihr die nennt. Sie sucht!", erklärt sie. Jetzt ist Thomas wie
elektrisiert. „Oh echt?", fragt er nur und räuspert sich. Vor
Aufregung ist sein Mund trocken geworden.

„Das Problem mit ihr ist nur…", sagt sie und wedelt unsicher
mit den Händen herum. „Sie ist… wie soll man sagen…"

In diesem Augenblick kommt Hans, der Kollege von Thomas
vor sich hin pfeifend ins Büro. Er grinst Susanne an und geht zu
seinem Arbeitsplatz, der mit Star Wars-Figuren und allerlei
Computerteilen wie Grafikkarten und Speicherriegel vollgekramt
ist.

„Ich schicke dir eine E-Mail", erklärt Susanne. Sie verblüfft ihn völlig, als sie beim Rausgehen noch etwas hinzufügt.

„Und wenn dir alles zusagt, kannst du sie morgen Abend treffen." Dann ist sie verschwunden und reagiert auch nicht auf das hingeworfene „Wie? Du willst unseren Schwerenöter Thomas verkuppeln?". Der jedenfalls vertieft sich demonstrativ in seinen Sourcecode, der auf dem Bildschirm erscheint.

„So, der Bug muss doch hier irgendwo in dem verdammten Python sitzen", murmelt er demonstrativ vor sich hin, um weitere Diskussionen abzuschrecken. Natürlich programmiert er nicht wirklich weiter, sondern sieht immer wieder in seiner Mailbox nach, ob endlich eine E-Mail von Susanne eingetroffen ist. Gut eine Dreiviertelstunde später ist das auch der Fall. Mit nervösem Finger öffnet er sie.

Hi Thomas,

ich hoffe, ich habe dich vorhin nicht erschreckt. Eigentlich will ich dich nur verkuppeln :-) Oder den Versuch unternehmen. Allerdings weiß ich nicht, ob sie wirklich was für dich ist. Oder du für sie. Ich habe nämlich nicht zu viel versprochen, als ich gesagt habe, dass sie völlig durchgeknallt ist. Sie nennt sich Lulu, was wohl ihr Sklavenname sein soll, wie sie mir erklärt hat. Sie ist eigentlich hübsch, schlank und mit roten, langen Haaren. Oder so war sie mal. Nur dass sie jetzt völlig in Sachen SM abgedreht ist. Sie hat das voll heavy wie in deinen Comics praktiziert, nach allem, was sie mir erzählt hat. Oder noch extremer. In mancher Hinsicht jedenfalls. Ich will hier keine Details von mir geben. Aber jedenfalls ist ihr Freund, der schon Ende 60 war, neulich an einem Herzinfarkt gestorben. Wohl, während er sie grade bearbeitet hatte. Und Lulu, die eigentlich anders heißt, ist seitdem auf der Suche nach einem Kerl, der das wirklich extreme Zeug mag. Und na ja, bei deinen Comics dachte ich, du könntest da der passende sein. Aber freu dich nicht zu früh. Sie ist wirklich abgedreht und das stand bislang dem Erfolg bei ihrer Partnersuche im Wege. Schon ein halbes Dutzend Männer sind schreiend weggelaufen, wenn ich das richtig nachvollziehe, was sie mir gefrustet erzählt hat.

Wenn du Bock hast, treffen wir uns morgen Abend um 19 Uhr im Café Biedermann. Wo wir neulich den Team-Drink genommen haben, nach dem erfolgreichen Projektabschluss. Du weißt schon. Also bis dann. Oder schreib mir doch kurz eine Antwort, on du interessiert bist. Ein Wort reicht völlig.

Susanne

Es braucht nur eine Minute, dann findet Susanne schon die Antwort ihn ihrer Mailbox.

Hi Suanne,

ja klar. Ich komme.

Grüße,
Thomas

BIEDERMANN

Das Biedermann liegt unweit der Firma, in einem roten Backsteinbau, der einmal eine Fabrikhalle gewesen ist. Und das Parkhaus gleich integriert hat in dem alten Bau. Direkt gegenüber ist ein leeres Bürohaus, das jetzt zu vermieten ist. Die entsprechenden Schilder mit Telefonnummer prangen groß an den Fenstern. Er muss immer grinsen, wenn er auf dem Weg von der Firma ins Parkhaus da vorbeikommt. Denn bis zum großen Dot-Com-Crash in den frühen 2000er-Jahren war da eine Managementberatung. Die hatten als Firmenwagen ausschließlich schwarze 5er-BMWs, die eindrucksvoll auf den jetzt leeren Firmenparkplätzen vor der Fensterfront geparkt waren. Über ein Dutzend. An jedem der Autos war an der Seite der Firmenname zu lesen, genauso wie groß oben an den Fenstern des Büros. MIS-MANAGEMENT CONSULTING. Er schüttelt sich fast vor Lachen, als er an dem Leeren Büro vorbei geht.

Im Café ist einiges los. Er sieht schon von der Tür, wo die schlanke Gestalt Susannes sitzt. Und das neben ihr muss ihre Freundin Lulu sein, wird ihm mit klopfendem Herzen klar. Die „SM-Tusse", wie er im Kopf sagt. „Die Sklavin", wie ein Teil seines

Verstandes sehnsüchtig hinzufügt. Jedenfalls ist sie wasserstoffblond mit mittellangen Haaren und trägt eine schlichte, weiße Bluse. Außerdem einen recht kurzen, grauen Faltenrock, wie er altmodischer nicht sein könnte. Ihre Füße stecken allerdings in schwarzen hochhackigen Schuhen. Sandaletten mit Extremabsätzen, in denen man nur schwer laufen kann. Ungewöhnlich ist, dass sie eine hautfarbene Strumpfhose anhat. Oder jedenfalls hautfarbene Strümpfe an den Beinen. Die Kombination von Damenstrümpfen in offenen Sandaletten ist ja eigentlich ein modisches No-Go, wie er mal gelesen hat. Die modebewusste Dame vermeidet das, wie Herren Socken zu Sandalen vermeiden sollen. Aber die Nylons in Sandaletten sehen bei den Damen irgendwie sexy aus, hat er schon immer gefunden.

Als er zum Tisch hingeht, wenden sich ihm beide Frauen zu. Diese Lulu, sie trägt viel Makeup, sieht er und er glaubt schon aus einigen Metern Entfernung ihr starkes Parfum riechen zu können. Bei einer Sklavin, wenn man denn sexuell unterwürfige Frauen damit meint, hat er so etwas erwartet. Auch wenn seine diesbezüglichen Erwartungen, was jedenfalls Makeup angeht, von einschlägigen SM-Videos geprägt sind. Und dann muss er kräftig schlucken. Denn sie trägt wirklich einen Nasenring! Keinen, wie man ihn vielleicht als Modeschmuck trägt, sondern einen richtig massiven. *Wie ein Tier*, geht ihm durch den Kopf und er spürt Erregung aufwallen.

Die Frau, die Lulu sein muss, sie sieht ihn kurz an. In ihrem Blick liegt ebenso viel Unsicherheit wie Neugier. Dann senkt sie den Blick ihrer hübschen Augen. Mit dem vielen Liedschatten und den langen, falschen Wimpern.

„Setz dich!", fordert ihn Susanne auf, die grinst. „Mal sehen ob Top und Bottom zusammenpassen. Lulu, das ist Thomas, Thomas, das ist Lulu", stellt sie die beiden mit Belustigung in der Stimme vor. Er merkt, dass Lulu verschämt zu Boden sieht. Vor der blonden jungen Frau steht nur eine Flasche Mineralwasser, das im Glas vor sich hin sprudelt. Vor Susanne steht ein Kaffee.

„Lulu sucht einen neuen Herrn", beginnt Susanne umstandslos. „Denn ihr alter, der sie sehr extrem rangenommen hat, ist an einem Herzinfarkt gestorben", erläutert sie mit einem Funkeln in den Augen. Lulu sieht pikiert zu Boden. Thomas merkt, dass er plötzlich einen Klos im Hals hat. Er räuspert sich. „Ah so", bekommt er nur heraus.

Der Ober kommt und Thomas bestellt einen Orangensaft.

„Wir könnten jetzt viel reden", sagt Susanne mit dem Unterton der Langeweile. „Oder sie zeigt es dir." Thomas sieht seine Kollegin groß an. Soll ihm Lulu jetzt etwa irgendwelche Striemen oder etwas in der Art zeigen? Jetzt? Hier? Er erwartet, dass eine der Frauen ein Handy hervorholt und ihm darauf ein paar einschlägige Fotos zeigt. Fotos von Lulu als SM-Sub, denkt er. Er malt sich aus, wie die blonde Frau nackt kniet, die Hände auf dem Rücken und den Blick gesenkt. Doch zu seiner Überraschung steht Susanne auf.

„Komm Lulu, ist es Zeit!" Die Blondine schluckt hörbar, als sie aufsteht. Sie hat den Blick dabei gesenkt. „Komm mit!", fordert Susanne ihn auf. Dann gehen beide Frauen auf den Tresen zu, hinter dem ein Ober mit Gläserwaschen beschäftigt ist.

„Johannes, wir brauchen den Nebenraum. Für die beiden hier", erklärt sie dem Ober und geht einfach hinter den Tresen, auf eine kleine Tür zu. „Natürlich", stimmt der Angesprochene zu und macht eine einladende Geste. Thomas zögert, bevor er in den Bereich hinter dem Tresen geht. „Dürfen wir?", fragt er unschlüssig, doch der Ober bedeutet ihm nur, Susanne zu folgen, die bereits die Türlinke in der Hand hat. „Ich bin hier Teilhaberin, weißt du", erklärt sie ihm lächelnd. Lulu steht neben ihr, den Kopf gesenkt. *Was für eine wunderschöne, unterwürfige Frau*, denkt er und fügt sogleich an, dass er das jetzt bloß nicht versauen darf. *Ungelenk wie ich manchmal mit Frauen bin.* Aber natürlich ist dies keine normale Frau. Sondern eine devote. Eine Sub, wie man sagt. Aber mit denen hat er noch weniger Erfahrungen. Gar keine eigentlich.

Im Hinterzimmer angekommen, schließt Susanne die Tür. Lulu positioniert sich eigenartig in der Mitte der Zimmers. Sie steht da wie eine Statue, findet er. Susanne ist irgendwie peinlich berührt, fällt ihm auf. Weiß sie, was gleich passieren wird? Er weiß es nicht, aber er ahnt es.

Und da geschieht auch schon, was er sich höchstens erträumt hat. Lulu öffnet den schmalen Gürtel ihres grauen Rocks. Der ist im Nu ausgezogen und er sieht, dass die langen, hautfarbenen Strümpfe an weißen Strapsen befestigt sind, die von einem schmalen Strapsgürtel abgehen. Sie trägt keinen Slip. Sie zieht sich die weiße Bluse aus, aber er sieht sofort, dass sie da unten rasiert ist. Ein großes P prangt da. Es ist in die Haut tätowiert. Als sie die Bluse ausgezogen hat, sieht er, dass ihre mittelgroßen Brüste von einem weißen Stütz-BH angehoben werden, der ihre Brustwarzen einfach frei lässt. Die schauen frech über den Rand des Büstenhalters. Und da blitzt es an den Brustwarzen und auch zwischen den Beinen! Erst jetzt versteht er. Da blitzen massive Stahlringe. Zwei in jeder Schamlippe und eine in jedem Nippel. Und ihre Nippel sind länger und dicker, als er sich das vorgestellt hat. Auch ihre Schamlippen wirken länger, als sie sein sollten.

Das Licht ist nicht allzu gut, weil die Lampe in der Zimmermitte recht dunkel ist, aber es kommt weiter hinten Licht durch ein kleines Fenster. Ihr Körper sieht merkwürdig fleckig aus, wird ihm klar. An der Stelle wird ihm etwas mulmig. Sie ist über und über mit Flecken überseht. Rötlich und auch bläulich. Manche gelblich. Sie ist geschlagen worden. Und wie! Nicht nur ein bisschen wie in den softigen SM-Streifen. Außerdem sind da Striemen.

Zu seiner Verblüffung sieht sie ihm direkt in die Augen.

„Ich mag es hart", sagt sie mit schwacher Stimme. „Ich brauche es hart und liebe es, gefesselt und geschlagen zu werden. Es ist die Art, wie ich leben möchte." Sie sieht zu Boden. „Aber nur wenige Männer können das für mich tun. Mein … alter Herr", sie zögert wieder, „…war einer von Ihnen."

Thomas fühlt einen Kloß im Hals. Er fühlt seine eigene Erregung, will aber über den Dingen stehen. Daher bemüht er sich um Gelassenheit. Er sieht Susanne an. „P steht also nicht für Pussy da unten, nehme ich an?" Seine Kollegin sieht ihn verblüfft an.

„P wie Peter, ihr alter Herr."

„Peter, der Dominus", gibt er mit leicht ironischem Tonfall von sich. Da geschieht das völlig Unerwartete. Plötzlich steht Lulu, nackt und bestrapst wie sie ist, vor ihm. Sieht ihm fest in die Augen. Er merkt, dass sie ihn sogar am Hemdaufschlag gepackt hat.

„Peter war mein Herr. Er war wie mein Besitzer und ich sein Besitz. Seine Sklavin. So sehr, wie es nur irgend geht." Ihr Atem schlägt ihm ins Gesicht. Sie hat einen roten Kopf, ist wütend. „Er hat mich die meiste Zeit in Käfigen gehalten. Wenn ich in seinem Bett geschlafen habe, dann hart gefesselt oder in Ketten. Wenn ich nicht im Käfig war, war ich an eine unserer speziellen Vorrichtungen gebunden. Und ich habe jede Minute davon geliebt."

Sie tritt einen Schritt zurück. Sieht kurz Susanne an, die mit den Schultern zuckt, dann wieder auf Thomas.

„Wenn du nur eines dieser Weicheier bist, die eine Frau wie mich nicht beherrschen können, dann geh jetzt besser gleich. Wenn du aber denkst, dass du das auch sein kannst, was Mein Herr Peter für mich war, dann gebe ich dir eine Chance. Und wenn du es schaffst, dann wirst du in mir die ergebenste Gespielin haben, die man sich nur vorstellen kann. Alles, was deine Fantasie sich ausdenken kann, kannst du mit mir machen."

Plötzlich hat sie den Blick wieder gesenkt. Legt ihre Arme auf den Rücken. *Wie eigenartig*, denkt er. Streng genommen hat sie ihre Arme wohl auf dem Rücken verschränkt. *Richtig, das ist ja was Sklavisches in machen Romanen und Filmen*, wird ihm klar.

„Sie hat nur wenige Grenzen, Thomas", erklärt ihm jetzt Susanne in ernsthaftem Tonfall. „Sie bat mich, dir das zu sagen. Keine Exkremente, nicht die festen jedenfalls, das ist so ziemlich das Einzige. Härtere Schläge sind erlaubt, dass sie Spuren hinterlassen, aber sie nicht entstellen. Elektro mit Vorsicht, dass es keinen Herzinfarkt gibt." Seine Kollegin schüttelt den Kopf und zuckt mit den Schultern. „Mir ist aufgefallen, dass Pisse scheinbar erlaubt ist", sagt sie grinsend dazu. Da muss er schlucken.

„Für den richtigen Herrn würde ich mich auch verkrüppeln lassen", sagt sie plötzlich und sieht ihn wieder an. „Immer langsam mit den jungen Pferden!", ruft da Susanne. Thomas räuspert sich. „Nun, verkrüppelt wird hier niemand. Aber…", er sucht nach Worten, „…ich würde mit dir das machen, was in meinen Comics zu sehen ist."

Susanne meldet sich wieder zu Wort. „Nadeln, Peitsche und Rohrstock, Eisen und Fesseln, Käfige und die Streckbank", fasst sie kurz zusammen. Sie kratzt sich am Kopf. „Und irgendwo in deinem Comic muss die Sklavin auch Urin trinken. Ich habe ihn ja gelesen. Die mit den roten Strümpfen musste das, glaube ich."

Er räuspert sich. „Nun, das ist so ein Ritual in dem Buch. Sie schwört Ergebenheit gegenüber ihrem neuen Meister, indem sie vor ihm niederkniet, etwas von seinem Blut trinkt, seinen Urin trinkt. Nicht viel!", fügt er beschwichtigend an.

„Und auch seinen Hintern leckt, ich habe es gelesen", gibt da Lulu von sich, die ihn wieder ansieht.

„Nun", winkt er ab. „Das mit dem Teil muss nicht…"

Er kommt nicht ganz zum Schluss, denn jetzt kniet sich Lulu vor ihn hin. Ihre Arme sind immer noch auf dem Rücken verschränkt. Beide Hände am jeweils anderen Ellenbogen. Sie sieht zu ihm auf.

„Es ist ein wunderschönes Ritual. Wenn du mich so führen kannst, wie der Mister Black seine Sklavinnen in deinem Comicbuch, dann machen wir das Ritual zusammen. Du legst mir ein Halsband mit einer Besitzplakette an und brennst mir deine Initialen auf den Arsch." Sie ist erregt, das sieht er deutlich. Wieder muss er schlucken. *Das mit dem Brennen würde ich nie hinkriegen*, denkt er.

„Nun gut", sagt er und seine Stimme klingt nicht so souverän, wie er es gerne hätte. „Ich werde es tun."

Susanne klatscht in die Hände. „Na prima, dann zeigen wir dir jetzt die letzte Überraschung, die Lulu noch zu bieten hat."

Thomas sieht sie fragend an. Da lässt die kniende Frau ihre Arme nach vorn kommen und fasst sich an die Frisur.

Als sich Lulu die blonde Perücke vom Kopf nimmt, ist er verblüfft. Ihn verblüfft der Umstand nur halb, dass die Frau ein künstliches Haarteil trägt. Vielmehr verblüfft ihn, dass sie darunter nicht etwa die von Susanne erwähnten roten Haare hat, sondern – gar keine. Sie hat eine Glatze und zu seiner völligen Verblüffung ist auch noch etwas in großen, dunkelblauen Lettern auf die Kopfhaut tätowiert. So wie Lulu unter ihm kniet, sieht er direkt auf die Worte von oben herab.

FUCK TOY

„Okay", gibt er gedehnt von sich. „Das ist dekorativ", haucht er. Seine Stimme wird rauer. „Und man sollte sie beim Wort nehmen." Susanne macht eine ablehnende Geste.

„Und das ist der Teil, bei dem ich nicht mehr dabei sein will."

„Ach so", sagt Thomas und folgt einer plötzlichen Eingebung. „Ich dachte, du wärst hier eine Domina in dem Spiel."

„Was?", fragt Susanne entgeistert.

„Es ist kein Spiel!", wirft die kniende Lulu ein. „Ich bin eine 24/7-Sklavin. Ich suche keinen gelegentlichen SM-Abend, sondern einen Herrn, der mich in Besitz nimmt." Thomas sieht stirnrunzelnd auf sie herunter. Er findet es erstaunlich, dass man so devot vor einem Mann knien kann und gleichzeitig Forderungen stellen kann.

„Ich bin voll und ganz dabei, mit oder ohne Aushilfsdomina", fügt er in Richtung Susanne zwinkernd hinzu.

„Wenn sie das möchte, kann sie natürlich auch meine Herrin sein", gibt da die kniende Lulu im unterwürfigen Tonfall von sich.

„Ich gehe jetzt", antwortet Susanne. „Zieh deine Sklavin wieder an und dann am besten ab zu ihr nach Hause. Da habt ihr genug Toys oder wie man das nennt. Ich bin dann mal weg." Sprachs und geht aus der Tür.

„Darf ich mich anziehen, Herr, und euch zu mir nach Hause geleiten, wo ihr mich abstrafen und sichern solltet?"

Sichern, sichern, überlegt Thomas. *Was das wohl ist?* Aber der Teil mit dem Abstrafen klingt schon mal gut.

„Äh, natürlich Sklavin."

Lulu kommt dem gehorsam nach, aber er meint gesehen zu haben, wie sie kurz mit den Augen gerollt hat.

DIE VILLA

Lulu begleitet Thomas zu seinem Wagen, der auf der oberen Ebene im Parkhaus steht. Sie hat sich natürlich wieder angezogen, um die paar Schritte bis zum Auto zu machen. Ein bisschen schämt er sich, dass sein Auto nicht ein Fahrzeug ist, wie man es vielleicht in einer SM-Geschichte erwarten würde, wenn der Herr und Meister seine Sklavin hin zur Villa transportiert, in der sie von ihm abgestraft wird. Oder rangenommen. Oder heftig durchgenudelt, was immer das jetzt auch werden soll. Er wird rot, als sie auf seinen Wagen zugehen, der etwas abseits der anderen steht. Es ist ein polar-silberner Mitsubishi Galant. Eine alte Limousine, bei der es schon ein Wunder ist, dass sie nach all den Jahren – mittlerweile Jahrzehnten – noch läuft. Man sieht auch, wo die Radhäuser kürzlich eine Antirost-Behandlung bekommen haben und partiell lackiert worden sind. Wirklich nicht das richtige Auto für die Situation. Denn mit einer devoten Sklavin, die Reizwäsche unter ihrer Oberbekleidung hat, in einem dunklen Parkhaus auf eine Limousine zuzugehen. Das setzt einen ganzen Strauß von Erwartungen frei.

Doch Lulu lässt sich nichts anmerken. Er hat eben noch „da hinten steht er" angemerkt, mit einer gewissen Nervosität in seiner Stimme, doch sie ist einfach brav neben ihm hergelaufen. So als sei er schon ihr Herr. Was ihm ein Gefühl der Sicherheit gibt, aber bei ihm selbst und sicher auch bei ihr große Erwartungen schürt.

„Soll ich im Kofferraum mitfahren, Herr, hinten oder auf dem Beifahrersitz?"

Sie ist stehengeblieben und sieht ihn erregt an. Der Gedanke, eine Frau in den Kofferraum zu stecken, erregt ihn auch. Auch wenn er sich eben noch ausgemalt hat, wie sie auf dem Beifahrersitz platznimmt. Wobei er ihr das Kommando „Rock hoch" geben würde, damit sie sich, ganz wie in *Die Geschichte der O*, mit nacktem Hintern auf dem Sitz platziert. Nur dass er keinen Ledersitz hat in seiner Mitsubishi-„Limo". Außerdem scheint es so zu sein, dass sie mutmaßlich sogar feucht wird bei dem Gedanken, wie ein Stück Ware in den Kofferraum verbracht zu werden. Und in einer wirklich funktionierenden Dom/Sub-Beziehung ist es letztlich doch die Sub, die den Ton angibt.

„In den Kofferraum!", sagt er und schließt ihn auf. Er merkt, dass seine Hand leicht zittert. Nervös sieht er sich um. Es ist schon lange nach regulärem Firmenschluss und auch wenn noch Nerds überall in den Büros an den Rechnern sitzen, ist das Parkhaus wie ausgestorben. Die nächsten Autos stehen viele Parkplätze entfernt und keine anderen Leute sind zu sehen. Er öffnet den Kofferraum, während sie mit gesenktem Kopf neben ihm steht. Sie ist rot angelaufen und atmet schwer. *Eindeutig erregt*, denkt er und meint, ihre Erregung riechen zu können.

„Wo fahren wir überhaupt hin?" Er muss schmunzeln. Seine neue Sklavin in den Kofferraum zu sperren, ohne nach der Adresse zu fragen, wäre schon ziemlich dämlich gewesen. Sie nennt ihm prompt die Adresse, die ihm nichts sagt. Dem Herrgott sei für Google Maps gedankt, kommt ihm in den Sinn. Denn eine Nachfragerei, wo genau das liegt und wie er da hinkommt, hätte wenig zu einem Dom gepasst, der ja die Dinge unter Kontrolle haben soll.

Im Kofferraum ist es Gott sei Dank aufgeräumt. Denn erst letzte Woche hat er da Kehraus gemacht. „Rein mit dir", kommandiert er und fragt sich selbst, wie das bei der hohen Ladekante der altmodischen Limousine gehen soll. „Mit dem Kopf zuerst rein!", kommandiert er und schiebt sie an den Kofferraum heran, seine Hand auf ihrem prallen Hintern. Die dominante Geste bringt sein Glied dazu, merklich den Hosenraum anzuspannen. Er stellt sich vor, wie ihr kurzer, weiter Rock in die Höhe rutschen wird, wenn sie im Kofferraum verschwindet. Sie gehorcht umstandslos und atmet dabei schwer. Sie stützt sich an der Ladekante ab und steckt ihren Kopf und danach den Oberkörper langsam in den Kofferraum. Er drückt sie runter und etwas nach vorne. Das führt dazu, dass sich ihr praller Hintern ihm wunderschön entgegenwölbt, so über die Ladekante gebeugt. Er sieht sich verstohlen um, schiebt ihr mit den Füßen die Beine auseinander. Bewundert dabei die hochhackigen Sandaletten mit ihren dünnen Absätzen und den seidigen Strumpfstoff an ihren Beinen. Ihr Rock ist schon in die Höhe gerutscht und man sieht etwas Strumpfkante, da wo bald der Strapsgürtel befestigt ist, noch ein Stückchen darüber.

Schweratmend schiebt er ihren Rock noch oben. Der graue Stoff ist alsbald ganz hochgeschoben und ihre beiden großen Pobacken leuchten ihm entgegen. „Warte, bleib so", kommandiert er und er hört ein schwaches „Ja Herr" aus dem Kofferraum. Mit beiden Händen knetet er ihre festen Pobacken. Was für ein herrliches Gefühl. „Du kommst meinen Befehlen zu langsam nach", stellt er fest und traut sich. Er gibt ihr mit der Rechten einen harten Schlag auf die nackte Pobacke. Ihre rechte ist es, auf der sich jetzt der Abdruck seiner Hand rot abzeichnet. „Au! Verzeihung Herr!", ruft es aus dem Kofferraum. „Na, dass du es dir merkst!", improvisiert er und schlägt sie ebenso fest auf die andere Backe. „Au! Ja Herr!", schallt es ihm entgegen und er ahnt schon, dass im Vokabular Lulus die Wörtchen „Ja" und „Herr" reichlich viel benutzt werden. In seiner Fantasie gesellt sich noch ein „Bitte Gnade Herr" dazu und er sieht sich selbst mit dem Rohrstock über ihrem gestriemten Hintern stehen. Doch jetzt schiebt er erst einmal seine Rechte grob zwischen ihre Beine. Da sie kein Höschen trägt, ist er sofort an ihrer Pflaume, die ihm schon die ganze Zeit über entgegengeleuchtet hat. Er fühlt ihre verlängerten Lustlippen und das kalte Metall der Ringe. Nach kurzem Reiben gurrt Lulu und macht rhythmische Bewegungen. Seine Hand ist im Nu feucht.

„Na du Hure. Du bist schon ganz geil und nass, was?"

„Ja Herr", antwortet sie und es klingt diesmal richtig unterwürfig.

„Na, deine Geilheit werden wir dir schon noch austreiben, oder?"

„Ja Herr", bestätigt sie wieder. Was auf die Dauer doch eine monotone Antwort ist, stellt er fest. *Und hoffentlich treiben wir sie dir eben nicht aus*, denkt er. Denn er weiß, dass es nur diese Geilheit ist, die sie zu seiner Sklavin macht. Eine SM-Pseudo-Sklaverei, bei der die Sklavin und streng genommen ihre Geilheit der wahre Meister sind, wie er seufzend feststellt.

„So rein mit dir", sagt er und hebt ihre bestrumpften Beine über die Ladekante. „Und masturbier da drinnen nicht rum, sonst … nähe ich dir die Pussy zu", droht er und lacht über sich selbst, hat er den Satz doch einem SM-Streifen entnommen.

Diesmal glaubt er, ein „Oh Ja Herr" zu hören, als er den Deckel zuklappt und seine Sklavin in der Dunkelheit des Kofferraums zurückbleibt. Etwas nervös sitzt er kurze Zeit später am Steuer des alten Wagens. Nun springt er immer problemlos an. Trotzdem macht er sich für einen Moment Sorgen, er täte es jetzt nicht. Denn das wäre oberpeinlich, mit der bereits feuchten Sklavin im Kofferraum. Als logischer Mensch, der er als Softwareentwickler nun mal ist, ist ihm natürlich klar, dass die Frau im Kofferraum nicht wirklich sein Besitz und nicht wirklich seine Sklavin ist, sondern eine freie Frau, die sich im freiwillig unterwerfen will. Für wilde und scheinbar zeitlich unbegrenzte 24/7-Spiele. Was echter Sklaverei ziemlich nahekommt. Wenn er es hinbekommt. Etwas nervös dreht er den Zündschlüssel, den Fuß auf der Kupplung. Der alte Mitsubishi springt sofort an. Er grummelt, als er den Rückwärtsgang einlegt. Denn der macht nach dem Einlegen immer so ein hässliches Geräusch. Und wieder! Knarzend legt sich der Gang ein. Mit etwas zu viel Gas fährt er den Wagen rückwärts aus der Parklücke. *Mist*, denkt er. *Ich muss noch das Ziel ins Handy eingeben.* Er holt es aus der Tasche, startet Google Maps. Und los geht die Fahrt, die ihn in einen völlig neuen Lebensabschnitt bringen wird. Wenn er es hinkriegt.

Er fährt Google Maps hinterher. Das führt ihn raus aus der Stadt, in eine Art Gartenstadt. Oder eher ein Waldviertel. An der Peripherie Bielefelds am hiesigen Stadtwald. Wo die Häuser mit immer weiterem Abstand voneinander entfernt stehen. An diesem Sommerabend ist es am Dunkelwerden und der Horizont leuchtet blutrot, während sich der Wald in eine unheimliche Schwärze verwandelt. Noch 350 Meter, gibt Google an. In einem richtigen SM-Film würde der Fahrer auch so den Weg kennen oder hätte wenigstens ein Navi im Auto, denkt er mit rotem Kopf und klopfendem Herzen. Was wird ihn erwarten? Vielleicht eine abgelegene Villa. Eines dieser alten, schönen Häuser, die links und rechts vorbeiziehen.

Aber er hat eine Horrorvorstellung. Dass drinnen in der Garage, in die er vielleicht hineinfahren wird, ein paar Kollegen stehen und ihn auslachen. Er malt sich aus, wie peinlich die Szene sein wird. Er muss natürlich die Frau aus dem Kofferraum lassen. Sicher ein Callgirl, das sie für diesen Spaß bezahlt haben. Das muss es sein!

Es wird ihm plötzlich sonnenklar. Sein Comic, das Tuscheln über seinen SM-Faible. Es ist doch zu schön, um wahr zu sein, dass ihm eine Kollegin da ausgerechnet eine Hardcore-Sklavin vermittelt, wie es sie wohl nur in der Fiktion gibt. Vielmehr wird es die Veralberung des Jahres werden. Er wird langsamer. Er muss anhalten. Den Kofferraum öffnen und der Prostituierten da hinten sagen, dass er den Scherz durchschaut hat. Aber halt. Was wenn plötzlich ein Streifenwagen kommt, während er mit einer Frau im Kofferraum rumfährt? Das hat er vor lauter Geilheit die ganze Zeit nicht bedacht. Er wird immer langsamer. Da rechts ist das Ziel.

Okay, er wird es riskieren. Sollen sie doch über ihn lachen. Er wird mitspielen. Vorgehen und sagen, „da seid ihr ja", oder irgendetwas cooles. Er hält neben der Zieladresse an. Eine dreistöckige Villa mit altmodischem, tief heruntergezogenen Dach. Einer Art Türmchen und vielen Sprossenfenstern. Sie liegt im Dunkeln, aber irgendwo im Erdgeschoss scheint warm Licht durch ein Fenster. Er sieht sich um. Da ist eine Einfahrt, die geradeaus aufs Grundstück führt. Das Tor steht einladend offen. Klar, denkt er. Damit sie ihn schnell an die Kandare nehmen können für ihren Ulk. Er lauscht nach hinten. Die ganze Fahrt über war kein Ton zu hören. Der Wagen rollt langsam herein. Der Zweilitermotor des alten Mitsubishi klingt ausnahmsweise mal sonor. Wenigstens etwas, denkt er. Er erwartet halb, dass ihm sein Kollege Frank-Florian Förster, genannt FFF, mit rotem Kopf und nervösem Grinsen das Tor öffnet. Das wäre ganz seine Art. Oder Fietze, der Holländer. Der immer über die im Zweiten Weltkrieg geklauten Fahrräder schimpft, die die Wehrmacht hat mitgehen lassen. Der Witze über die Größe seines Landes überhaupt nicht mag, aber sonst aus tiefer Brust über alles lacht. Na, das wird ein gefundenes Fressen für ihn werden.

Thomas steigt aus. Geht auf das Tor zu. Ein altmodisches, zweiflügeliges Garagentor in Dunkelgrün, das nur von den

Scheinwerfern seines Wagens erleuchtet wird. Dahinter ist alles dunkel. Der Motor des alten Mitsubishis läuft ein bisschen unruhig und das Licht flackert sogar etwas, jetzt wo der Wagen steht. Er seufzt. Fasst an die Türklinke und zieht das Tor auf.

Grelles Licht, feixende Kollegen. Jemand spielt einen Tusch vom Band und schmeißt Konfetti. Sein Chef hat einen witzigen Partyhut auf.

So malt er sich es aus in seinem Pessimismus. Doch die Garage liegt im Dunkeln. Da ist absolut nichts und niemand drin, von einem alten Schrank abgesehen. Seine Fantasie hat ihm für einen Sekundenbruchteil einen Streich gespielt.

Eine Tür führt links ins Haus. Ein bisschen Licht schimmert unter dem Türblatt hindurch. Er lauscht. Es ist nichts zu hören. Nur ein leichtes Poltern, als ob sich die Frau im Kofferraum bewegt hat und mit den Füßen gegen die Seitenwand des Kofferraums gestoßen ist. Er holt tief Luft und klopft an die Tür, die ins Haus führt. Niemand antwortet. Er schüttelt den Kopf. Sie werden also da drin sein. Na gut, sollen sie ihren Spaß haben. Besser, dass er den Wagen reinfährt, bevor am Ende noch eine Polizeistreife vorbeikommt und überprüft, was da im Dunkeln vor sich geht.

Kritisch sieht er auf die aus dem Kofferraum kletternde Lulu. Sie steht vor ihm, aber nicht zu voller Größe erhoben, sondern leicht gekrümmt. „Nimm dir die Perücke vom Kopf", kommandiert er. Er will das FUCK TOY auf ihrer Glatze noch einmal sehen. Jetzt wundert er sich doch, dass sie den Scherz, den sie mit ihm spielen wollen, so detailliert durchgezogen hätten. Sie zögert kurz, nimmt sich dann aber das falsche Haarteil vom Kopf. Kaum ist sie draußen, fällt sie auf die Knie, was auf dem harten

Betonboden der Garage sicher nicht besonders bequem ist.

„Wie viele Leute sind im Haus? Sag mir die Wahrheit!" Er kann es nicht lassen, ihren gesenkten Kopf am Kinn anzuheben.

„Nur Susanne."

Es fährt ihn durch Mark und Bein. Was soll das denn nun bedeuten? Ist sie hier für einen kinky Dreier? Oder doch, um sich über ihn lustig zu machen.

„Kommen noch mehr?", fragt er genervt, doch sie verneint. Sie sieht ihn eindringlich an. „Susanne ist meine Rückversicherung. Sie ist meine Freundin und ich brauche jemanden im Nebenraum zur Sicherheit. Wenigstens am Anfang." Sie redet jetzt wie ein Wasserfall. „Sie hat mit SM nichts am Hut. Aber…"

„Ich verstehe", erklärt er sanft, nachdem er tief durchgeatmet hat. „Du willst dich ja ausliefern und vielleicht sogar in einen Käfig gesperrt werden. Da weißt du am ersten Abend ja noch nicht, mit wem du dich eingelassen hast."

Sie lächelt ihn an, immer noch kniend, und sagt diesmal einfach „Ja."

Durch die Tür geht es in einen kurzen Korridor. Mehr ein Vorraum. Und von da ins Wohnzimmer, wo Susanne in einem Sessel sitzt. Sie steht auf und sieht auf ihre Armbanduhr, als er mit der hinter ihm folgenden Lulu hereinkommt, die ihr Haarteil in den Händen trägt.

„Ah, die zwei Turteltäubchen", erklärt sie. „Also, Thomas, sie hat dir erklärt, wieso ich hier bin?" Er bestätigt es.

Er sieht Lulu an. „Wer wohnt hier? Wem gehört das Haus?" Sie sieht ihn eindringlich an. „Es ist mein Haus. Hier habe ich mit meinem verstorbenen Herrn gelebt."

„Ein großes Haus", stellt er lakonisch fest.

„Mit vielen Spielzimmern", sagt sie mit Erregung in der Stimme. Susanne räuspert sich laut. „Ich bin dann hier im Sessel und nibble an meinem Wein." Er sieht ein halbvolles Glas auf dem Wohnzimmertisch. „Außer auf sehr laute Hilferufe reagiere ich auf nichts." Sie lächelt und setzt sich.

„Das ist auch das Safeword", erklärt ihm Lulu. „Ein von mir laut gerufenes Hilfe. Kennst du Safewörter?" Er bestätigt, dass er mit dem Begriff vertraut ist. Der Rettungsanker für eine oder einen Sub, der die oder den Top zum sofortigen Stopp aller Aktivitäten veranlassen muss.

„Hilfe", wiederholt er. „Habe es." *Nicht sehr originell*, denkt er.

„Dann", haucht Lulu. „Brauche ich jetzt dringend eine Diskussion über mein heutiges Betragen. Im Strafzimmer." Er sieht sie an und grinst. Erregung durchflutet ihn. „Und wir ziehen dir etwas Unbequemeres an."

Susanne räuspert sich wieder und gibt ein halblautes „Shoo, shoo" von sich, wie in manchen US-Komödien, und eine Geste, als wenn sie beide verscheuchen will.

„Das Strafzimmer ist im Ersten Stock."

Beide gehen die Treppe hoch, Lulu voran und schwenkt dabei fröhlich ihren Hintern auf der Treppe.

„Fass sie ruhig hart an, sie brauch das", ruft ihm Susanne hinterher.

DAS STRAFZIMMER

Für Susanne ist es ein merkwürdiger Anblick, als ihre Freundin und der etwas schräge Kollege Thomas die Treppe hochgehen, wo das „Strafzimmer" liegt. Was für ein schräger Begriff, denkt sie. Und wie Lulu schon wieder aussieht ohne ihre Perücke. Hätte sie wenigstens drauf verzichtet, sich FUCK TOY auf ihre Glatze tätowieren zu lassen. Aber wenn sie nun mal so glücklich wird, dann will sie ihr dabei helfen, ihr Glück zu finden. Susanne schüttelt sich bei dem Gedanken, dass eine Frau mit dem zurückgezogenen und unscheinbar wirkenden Thomas ihr Glück finden kann. Aber gut, wenn Lulu SM-Qualitäten sucht, wird sie diese möglicherweise bei Thomas finden, nachdem er seine diesbezügliche Neigung bereits mit seinem eigenartigen Comic unter Beweis gestellt hat.

Für Thomas wird ein Traum war, als er durch die unscheinbare Tür im Ersten Obergeschoss tritt, Lulus im Rock wackelndes Hinterteil vor Augen. Draußen sah der Flur so gutbürgerlich bis grenzwertig herrschaftlich aus, mit Ölgemälden oder deren Replikaten an den Wänden und kleinen Beistelltischen mit

Tischdecken und Blumenvasen. Doch hier drinnen sieht es aus, wie in einem Folterkeller. Nur eben ein Folterkeller mit klinisch weiß getünchten Wänden, einem großen Kronleuchter an der hohen Stuckdecke und einer altmodischen, doppelflügeligen Balkontür, die in die Dunkelheit blickt.

Alles ist vollgestellt mit so viel Gerät, dass er außerstande ist, das alles in sich aufzunehmen. Eine Streckbank, ein Horrorstuhl mit Stahlpfosten für die Fußgelenke und einer Aussparung für Muschi und Rosette der Delinquentin. Ein Andreaskreuz an der Wand, mehrere Ketten, die von Seilwinden baumelnd von der Decke hängen und irgendwo hängt sogar ein Wildwest-Galgenstrick herunter. Gepolsterte Prügelbänke oder solche aus hartem Holz und massenhaft Holzbretter mit Haken an den Wänden, von denen unzählige Ketten, Schlaufen und Riemen baumeln. Und natürlich Peitschen und Rohrstöcke. An der Wand befestigt oder in Regenschirmständern steckend. Regale mit mysteriösen Flüssigkeiten, Lappen und Eimern, dicken Klistierspritzen und Nadelkissen.

Er steht mit offenem Mund da. Lulu hat sich umgedreht und sieht ihn grinsend und abschätzend an.

„Möchte mein Herr hier mit mir diskutieren, wie mein Benehmen heute war?" Sie macht ein verkniffenes Gesicht. „Und ich brauche, glaube ich, dringend ein paar Anregungen, wie mein Benehmen in Zukunft zu sein hat." Sie knickst, hebt dabei ihren Rock mit den Fingern an jeder Seite hoch, so dass man die Strumpfoberkanten und etwas Oberschenkelhaut sieht und hat dabei keck die Zungenspitze herausgesteckt.

Er ahnt, dass sie ihn provozieren will, um bestraft zu werden. Aus einer Eingebung heraus gibt er ihr eine leichte Ohrfeige. Sie steht wie erstarrt da. Ihr Gesicht eine Maske des Unglaubens. Sagt kein Wort. Trotz der Leichtigkeit des Schlages zeichnet sich seine Hand rot an ihrer linken Wange ab.

Das war jetzt sicher genau das Falsche, überlegt er. *Ich habe es versaut! Gleich wird sie Susanne rufen und mich rausschmeißen.*

„Sowas von trottelig, Thomas", wird sie mir hinterherrufen, überlegt er. Und er denkt, dass er sich danach besser eine neue Firma sucht, damit das Debakel hier nicht auch noch Firmenklatsch wird.

Doch da sieht sie ihn groß an, hat Tränen in den Augen.

„Ich bitte um Verzeihung Herr, bestraft mich hart, denn ich brauche die harte Hand meines neuen Herrn."

Er schnauft. Ist bereit, mitzuspielen.

„Wie hart, Sklavin? Nur leichte-Ohrfeigen-hart oder Rohrstock-hart. Oder gar Rohrstockhart-bis-sich-die-Striemen-kreuzen… und bluten?"

Sie sieht ihn immer noch an. Erstaunen im Gesicht. Tränen in den Augen. Ihre Unterlippe bibbert und ihre Knie scheinen zu zittern. Er greift hinter ihren kahlrasierten Kopf. Zieht sie grob zu sich heran. Er genießt das eigenartige Gefühl, ihren nackten Hinterkopf mit der Hand abzudecken. Es fühlt sich fast wie ein nackter Hintern an, stellt er fest. Sie geht auf ihren hohen Absätzen gezwungenermaßen auf ihn zu, presst sich an ihn. Er spürt ihre Brüste durch den Stoff. Seine Hand geht etwas tiefer, sucht ihr Genick. Er umfasst es hart, dass sie leicht aufstöhnt.

„Sag es!"

Sie spricht mühevoll. Ob wegen seinem Griff oder aus anderen Gründen, weiß er noch nicht. So hart fasst er auch wieder nicht zu. „Alles, was ihr wollt", stößt sie hervor. „Und definitiv die sich kreuzenden Striemen."

Er presst seine linke Hand auf ihre Pobacken, schiebt ihren Rock hoch und massiert ihre Muschi, die schon wieder nass ist. Fühlt das kalte Metall der massiven Ringe.

„So, Striemen möchte Madame?", stichelt er.

„Und", bringt sie unter leichtem Röcheln heraus. „Danach habe ich mir wohl eine Nacht im Käfig verdient."

„Käfig?", fragt er und sieht sich suchend um, sieht aber keinen in dem ganzen Sammelsurium.

„Das Käfigzimmer ist im Keller."

Eine halbe Stunde später ist Lulu völlig nackt und hat die Hände mit einem Strick altmodisch auf dem Rücken gefesselt. Sie sagt dabei nichts, steht gerade wie ein Soldat da, nur dass die Hände auf dem Rücken liegen. Über Kreuz fesselt er ihr fachkundig die Hände, wie sie im Stillen zur Kenntnis nimmt. Er lässt dabei das Seil nicht nur mehrfach um die überkreuzten Handgelenke laufen, sondern zurrt das Ganze mit ein paar mittigen Umläufen fest. Ziemlich fest, aber nicht allzu sehr.

„Ihr habt Erfahrung, Herr", kommentiert sie das Ganze. Thomas, der ihre Hände festgezogen hat, gibt ihr einen Klapps auf die rechte Hinterbacke. Mehr spielerisch als ernsthaft. „Schön, dass es meiner Gefangenen gefällt", kommentiert er dazu. Dann umfasst er sie von hinten, indem er jede ihre Brüste in eine Hand nimmt. Ihre Brüste passen da perfekt hinein. Ihre Nippelringe fühlt er kalt in der Hand. Er fasst sehr hart zu, knetet ihre Brüste richtig. Doch dann wundert er sich. Lulu hängt schlaff in seinem Griff, fängt jedoch an zu weinen. Sie schluchzt richtig und er merkt, dass ihr bald Rotz aus der Nase läuft. Er hat nicht gleich aufgehört, weil er merkt, dass ihn das Weinen anturnt. Doch jetzt wird es ihm unheimlich und er lässt los. Er dreht die nackte Frau um, so dass sie jetzt mit gesenktem Kopf und schluchzend vor ihm steht. Rotz läuft ihr aus der Nase und Sabbel aus dem Mund, so sehr hat sie geheult. Er merkt, dass ihm das sogar gefällt, weil es gewisse Klischees des hilflosen Opfers und des sie kontrollierenden Doms erfüllt, die durchaus Teil einer harten SM-Sitzung sein können.

Er hebt ihren Kopf an. „Lulu, geht es dir gut?", fragt er. Sie schluckt, schnieft und sieht ihn selbstbewusster an. „Ja, tut es", antwortet sie im genervten Tonfall. „Quäle mich weiter, nun mach schon." Da versteht er, dass alles Teil eines Rollenspiels ist und sich Lulu geistig völlig hineinbegibt in die Fantasie. *Also muss ich mitspielen. Sie braucht es wirklich hart,* sagt er zu sich selbst und dreht sie so ruckartig wieder um, dass sie wimmert. Er sieht ihre nackten Hinterbacken mit all den Verfärbungen von seinem Vorgänger an, die ja sogar auf dem Rücken zu finden sind, und greift sie mit der Linken hart in den Nacken, dass sie wieder wimmert. „Dein Gejammere wird dir auch nicht helfen", stößt er hervor und findet, dass es gut zu der Szene passt, die sie da spielen. Etwas, dass man mit „die neue Gefangene und der Folterer" umschreiben könnte. Sie schluchzt noch heftiger, was ihn diesmal anspornt und er schlägt sie in schneller Folge hart auf die rechte Pobacke. Zehnmal und immer auf dieselbe Stelle. Sie versucht zu entkommen, doch er hält sie gnadenlos im Nacken. Dann greift er sie wieder bei den Brüsten und drückt sie hart. Er genießt es, sie hart zu kneten, bis es ihr wehtun muss. Aber bei Mädchen wie Lulu ist das ja der Sinn der Übung, denkt er. „Ja", gurrt sie langgezogen. „Du machst es wie er damals." Er nickt grimmig. Immer an ihrem alten Meister oder Master, oder wie auch immer sie das nennen will, gemessen zu werden, nervt ihn natürlich auch. „Wie ganz früher", gurrt sie, als er sie härter an den Brüsten drückt. Das verwirrt ihn. „Ganz früher?", fragt er verwirrt. Doch sie will nicht antworten. „Drück fester, quäle mich!", schnarrt sie und er tut es. Sucht und findet dabei ihre Brustwarzen und peinigt ihre Nippel zwischen Daumen und Zeigefinger. Dann hakt er links und rechts in ihre Nippelringe ein und zieht sie nach vorn, weg von ihrem Körper. Sie jammert und schluchzt, bis der Rotz wieder läuft und röchelt und spuckt sogar, als sie beide Brüste geknetet bekommt. Brüste, die schon mehr als genug mitgemacht haben, denkt er schuldbewusst. Aber andererseits, wenn es ihrer Trägerin gefällt? Was soll er da machen? *Ich kann jeder Titte ja vorher ihre Rechte vorlesen*, denkt er zynisch. Aber im Grunde ist kein Anlass für Zynismus. Er weiß, wie sehr er es genießt, hier eine Frau zu haben, die sich ihm freiwillig hingibt.

Er drückt härter zu und jetzt stöhnt sie sehr laut. Das spornt ihn an. Alles ist vergessen und er drückt auch mit Daumen und Zeigefinger richtig fest zu. Da lässt sie sich richtig fallen, als ob ihre Knie weich werden. Sie hängt schlaff in seinem Griff und damit an ihren eigenen Brüsten und sogar an den empfindlichen Spitzen. Sie schluchzt und schreit langgezogen, als würde es ihr richtige Qualen bereiten und nicht nur solche, die sie genießt.

Da klopft es an der Tür. „Lulu? Lulu? Bist du okay? Was geht da drinnen vor sich?" Es ist die aufgeregte Stimme von Susanne, der Aufpasserin.

Die drei sitzen im Wohnzimmer, nachdem die erste Session zwischen Lulu und ihrem auserkorenen neuen Meister ein abruptes Ende gefunden hat. Lulu hat sich in einen kurzen, rosa Bademantel gehüllt und hat einen roten Kopf. Sitzt in einem Sessel und hat ihre niedlichen Füße in ebenso niedlichen, rosa

Pantöffelchen stecken. Ihr Bademantel ist so kurz, dass er ihre Scham zu erkennen glaubt. Auch wenn er sich Mühe gibt, nicht allzu oft hinzusehen. Denn das würde ihm einen tadelnden Blick von Susanne eintragen, die mit in der Sitzecke des Sofas platziert ist und so etwas die Position der Schiedsrichterin über sich in Anspruch genommen hat. Was Thomas überhaupt nicht gefällt. Lulu hat den Kopf gesenkt und mit ihrem FUCK TOY auf dem Kopf sieht sie zum Gotterbarmen aus, wie er findet. Er möchte sie in den Arm nehmen und ihr zärtliche Dinge ins Ohr flüstern und sie dann ganz ohne SM ins Bett bringen, das es ja im Obergeschoss irgendwo geben muss. Oder mit etwas SM, denn wenn die Frau nackt ist mit sklavisch rasiertem Schädel und dem entsprechenden „Aufdruck", dazu, dann ist sicher SM immer mit dabei. *Aber diesmal würde ich es ohne Geräte machen wollen,* denkt er nicht ohne selbstkritischen Zynismus.

„Was hast du mit ihr gemacht, Thomas?", fragt Susanne noch einmal und diesmal denkt er, dass er antworten muss.

„Das, was sie gewollt hat", stellt er fest und sieht Lulu an. Doch die bleibt regungslos sitzen. „Stimmt das?", fragt Susanne laut und streng. *Ein perfekter Domina-Tonfall,* konstatiert er. Lulu nickt zu seiner Erleichterung. *Nicht, dass hier noch jemand die Polizei ruft.* Er weiß, dass man als Dominus oder wie immer das genannt wird, leicht mit dem Gesetz in Konflikt geraten kann. Da war einst dieser „Master" in Tübingen, ging vor über zwanzig Jahren durch die Presse, der einen ganzen Club von Damen hatte. Die er jeweils einzeln bei kommerziellen Dates vor den Rohrstock und die Peitsche genommen hat. Eine der zwanzig oder dergleichen, hatte ihn wegen Vergewaltigung angezeigt. Hatte sie den von ihr selbst ausgesuchten Akt mit dem kommerziellen Dominus am Ende bereut? Oder hatte sie Sache mit dem Safeword nicht funktioniert und er hatte Sachen gemacht, bei der sie die Grenze ziehen wollte? Jedenfalls hatten alle zahlreichen anderen Klientinnen plötzlich auch ausgesagt, vergewaltigt worden zu sein und er war zu mehr als zehn Jahren Haft verurteilt worden. Es erschien ihm damals widersinnig, dass Frauen auch noch zahlen, teils jahrelang und dann alle angeblich unfreiwillig dabei waren. Aber das Beispiel zeigt, findet er, wie wenig SM akzeptiert ist in der Gesellschaft. Und wie schnell die Sirene heult, wenn sich Dom und Sub zusammenfinden und etwas nicht so läuft, wie es soll.

„Du weißt, dass sie früher vergewaltigt worden ist? Noch in jungen Jahren."

„Oh Fuck nein!", ruft er plötzlich aus. Da ist sie also, die Atombombe, die seine neu gefundene und gerade genossene Beziehung killen wird. Susanne hat sie hochgejagt und jetzt heißt es, sich von der Druckwelle langsam wegdrücken zu lassen. Rüber in die Garage, rein in den alten Mitsubishi. Und Richtung Zuhause, wo er die aufgestaute Erregung möglicherweise mit einem Film von Seven-Seven-Productions abbauen wird. Etwas in der Art von „Die Hexe im Verhör", was ihm allerdings meist zu Hardcore ist. Oder ehr „Die Sklavin, die ich liebte", wobei lieben in der Art von Seven-Seven-Productions bedeutet, dass sie eine halbe Stunde unter der Decke aufgehängt wird und sich Dominus und Model am Ende in den Armen liegen. Anschließend wird er eine Flasche Wein öffnen und sich dann schwören, nie wieder so etwas zu versuchen. Nie wieder seine Comic-Fantasien in die Realität umsetzen zu wollen.

„Okay. Das wusste ich nicht", bereitet er seinen Exit vor. *Zwei Frauen sind bei diesem Spiel eine zu viel und dann lasse ich die Damen allein*, beschließt er. „Ich habe das getan, was ihr beiden mir lang und breit erklärt habt, was sie will. Aber wenn das natürlich so ist", pausiert er und denkt, *was immer auch das „so" bedeutet*, „dann...", endet er in der Luft und lässt den Satz eben dort hängen. Hofft, jemand würde ihn in seinem Sinne beenden. Denn sonst sitzt er gleich im Mitsubishi. Hoffentlich, ohne dass jemand die Polizei ruft.

Niemand sagt etwas. „Dann ist vielleicht ein Therapeut notwendig und ich hoffe, dass ich ihr keinen Schaden zugefügt habe. Psychologischen, meine ich. Aber ihr hättet mich dann nicht einladen sollen, nicht ohne Aufklärung." Er steht auf. Räuspert sich. „Ich danke für den... äh... einprägsamen Abend, Frau... äh... Lulu und verabschiede mich." Er grinst noch einmal unsicher in die Runde und geht auf die Tür zu. Empfindet Ärger. *Emotionale gordische Knoten, die sie mir um den Hals legen wollen. Danke, das ist mir zu kompliziert. Dann lieber ein Abend mit dem neusten Fallout-Computergame.*

„Halt!", gellt da Lulus Stimme förmlich durch den Raum. Sie ist aufgestanden. Er dreht sich um. *Klar*, denkt er, *sie will die Polente holen. Ich kann mir schon denken, wie die Schlagzeilen die Tage aussehen wird. Hier in der Bielefelder-was-auch-immer-Zeitung.* Er sieht sie an, wie sie mit rotem Kopf und jetzt aufklaffendem rosa Bademantel dasteht, der ihre Brüste zu einem guten Teil freilässt und ihre Scham erkennen lässt. Ihre Schamlippenringe blitzen unten hervor. Das P wie Pussy sichtbar. Nein, P wie Peter, korrigiert er sich. Oder Peters Pussy?

Was für eine schöne Frau, denkt er, denn die vielen Flecken, Striemen und Rötungen machen sie in seinen Augen nur noch schöner.

„Es ist doch egal!", stößt sie jetzt im Tonfall eines trotzigen Kindes hervor. „Ja, ich bin damals vergewaltigt worden und es hat mich sicher verändert. Aber ich bin, wer ich bin. Ob das damals zu meinem Kink geführt hat oder nicht. Wer weiß das schon? Heute liebe ich es, die Sklavin zu spielen. Ja eigentlich, die Sklavin zu *sein*. Mit nur einem Rettungsanker. Eben dem Safeword. Ich brauche es hart und mir ist egal warum." Sie sieht Susanne zornig an. „Hör bitte auf, diese alte Geschichte von vor zwanzig Jahren wieder aufzuwärmen." Thomas zieht die Stirn kraus. Rechnet. Sie ist in den führen Vierzigern oder späten Dreißigern, denkt er. Dann war sie damals…

„Aber Lulu", beginnt Susanne schulmeisterlich.

„Ja Lulu!", schreit ihr die Kahlgeschorene entgegen. „Ich bin Lulu, das ist mein Sklavenname. Und Lulu will ich weiter sein." Sie wendet sich an den verdattert dastehenden Thomas.

„Bring mich wieder nach oben und mach weiter. Auch wenn ich weine und schreie." Susanne sieht sie konsterniert an.

„Kneble mich, Herr. Damit niemand meine Schreie hört!"

Jetzt geht Susanne auf Lulu zu. „Du brauchst ein Safeword, Lulu, verdammt noch mal."

„Wenn ich hektisch den Kopf hin und her werfe, von links nach rechts, dann ist es das Safeword." Thomas nickt.

„Ich werde dann wohl nicht mehr gebraucht", bemerkt Susanne und klingt beleidigt. Sie steht auf. „Nein, Susanne, bitte, setzt dich hin, ich brauche dich." Verdattert setzt sich Thomas' Kollegin wieder. „Also schön, aber meckere nicht, wenn ich nicht eingreife."

Oben angekommen, legt Lulu ihren Bademantel ab. Er bewundert ihren farbenfrohen Körper. „Die Knebel sind da drüben", sagt sie und zeigt auf ein Regal zur Rechten. Er sieht ein

Sammelsurium, das erst nach roten, schwarzen und blauen Gummibällen für Kinder aussieht, bis er die schwarzen Riemen daran bemerkt. „Nimm den größten Roten, ich habe eine große Klappe", bemerkt sie und er wundert sich, wie sicher und ruhig ihre Stimme klingt. Sie hat die Kontrolle, da besteht keine Frage. *Die Sklavin ist die Herrin des Verfahrens*, muss er konstatieren.

„Aber leg ihn mir erst an, wenn ich es dir sage."

Bingo, denkt er. *Wie ich es mir gedacht habe.*

„Ich möchte, dass du mir jetzt einen der Gummischwengel in den Arsch schiebst. Ins Arschloch rein. Das ist immer Peters Strafe für mich gewesen, wenn ich ihm ganz und gar auf den Geist gegangen bin. Und ich denke, du bist jetzt wütend auf mich."

Er will erst entgegnen, „Nein natürlich nicht", verschluckt es aber. „Wo sind die Dinger?", fragt er stattdessen. Sie zeigt es ihm. „Gott sind die groß", entfährt es ihm. „Allerdings", stimmt sie ihm zu. „Und ich werde viel schreien dabei, deswegen der Knebel. Ich kann auch draufbeißen, wenn es weh tut." Thomas sieht sich stirnrunzelnd den Größten an. Der Gedanke, dass eine zierliche Frau oder irgendjemand anders dieses armlange, rote Ding in den After geschoben bekommt, kommt ihm völlig widersinnig vor. Kurioserweise ist das Ding auch noch in großer schwarzer Schrift mit A-BOMB beschriftet.

„Den roten nehmen wir nicht. Den hat selbst Peter nie richtig reingekriegt", erklärt Lulu. „Nie *richtig* reingekriegt?", wiederholt er fragend. „Also war er zumindest teilweise drin?" Sie kichert. Ein ungewohnter Laut von ihr, wie er feststellt.

„Nur mit dem Anfang, bevor er ganz weit wird." Er sieht sie grimmig an, bestrebt den Dominus zu spielen. „Eines Tages sollten wir den bei dir reingeschoben haben. Unser Fernziel, mit dem du mir beweist, dass du eine gute Sklavin bist!" Schlagartig sieht sie ihn mit großen Augen an und ihre Knie zittern wieder. „Ja Herr", haucht sie nur leise und ist erregt, wie er merkt. *Sicher ist sie schon wieder klitschnass,* denkt er. „Aber nun nehmen wir den hier?", fragt er und nimmt den nächstgroßen. Ein Ungetüm aus schwarzem Gummi, das einen solchen Durchmesser hat, dass eine Hand allein ihn nicht ganz umfassen könnte. Und dass er alle acht Zentimeter metallene, dickere Ringe hat, wundert ihn besonders. Er streicht darüber und sieht sich das Ding genauer an. Zu seinem Schrecken sieht er, dass er hinten eine Buchse hat. Wie für ein Netzteil. „Ja", bestätigt Lulu. „Man kann ihn unter Strom setzen. Aber bevor wir das machen, müssen wir das länger durchgehen." Sie macht einen Knicks und grinst schelmisch. „Peter hat es manchmal gemacht, wenn ich ein besonders böses Mädchen war." Thomas räuspert sich. „Wir brauchen sicher Vaseline." Sie lacht hell auf.

„Allerdings." Sie reibt sich den Hintern, fällt ihm auf.

„Da hinten der Gebetsstand, lass mich da drauf knien und dann fessele mich. Am besten mit Stricken an den Ösen. Vornübergebeugt werde ich schön den Arsch rausstrecken. So hat es Peter immer mit mir gemacht." Er sieht, was sie meint. Das Ding sieht eher wie ein zu kurz geratener Rednerpult aus, nur dass eine Mittelablage ganz weit nach vorn gezogen ist und einen eigenen, schwarz gepolsterten Vorbau mit eigenen Standfüßen darstellt. Er versteht sofort. Dort soll die Frau knien, während ihr Körper über das Oberteil gebogen ist. So wird sie jemandem, der hinter dem „Pult" steht, ihren Hintern herausstrecken. Zahlreiche Ösen sind da, an denen fixiert werden kann. „Steck mir den Gummiknebel rein, wenn du mich festgebunden hast. Nimm ihn später aber wieder raus, wenn ich dir einen blasen soll. So hat es Peter immer gewollt." Sie zögert. „Weil wir uns noch nicht kennen, so richtig nicht jedenfalls, ziehe dir bitte ein Kondom auf, wenn du das willst." Thomas schluckt. „Natürlich." Sie erklärt ihm, dass ein Packen Kondome in einer der Schubladen zu finden ist und er sucht eine Weile danach. Als er eine Packung in der Hand hat, denkt er, *schade, dass sie nicht schluckt, wie in den Filmen. Aber in der Realität wollen Frauen das natürlich nicht. Muss ja unbeschreiblich eklig für sie sein.*

„Wenn du bei mir bleibst als mein Herr und du getestet bist und sonst nicht rumfickst, brauchst du das Kondom nicht mehr und dann schlucke ich auch", erklärt sie lächelnd. *Als ob sie Gedanken lesen kann*, grübelt er. „Okay junge Dame, Zeit, dass deine Rosette ein paar Schmerzen bekommt", flötet er und greift sie hart am Arm. Er zieht sie rüber zu dem Pult und einen Jauchzer der Überraschung von sich gebend, hat Lulu Mühe, ihm so schnell hinterherzukommen. Ohne Worte zu verlieren, lässt er sie sich auf die Fläche vor dem Pult knien und greift sie hart im Nacken, um sie über das Oberteil zu beugen. „Oh ja", gurrt sie nur, ob der konsequenten Behandlung. Ihr Hintern ist ihm schon wunderbar entgegengestreckt und ihre Backen kommen voll zur Geltung. Ihre Füße hat sie aneinander und ihre Brüste baumeln in der Luft, weil die Auflage nicht so groß ist. Ihren Kopf wirft sie hin und her, als sie nach Seilen sucht. „Dort und da drüben", hilft sie ihm. „Nimm die dicken Seile und fessele mich richtig. Richtig fest muss es sein. Denn der dicke Schwengel tut mir im Arsch furchtbar weh. Da versuche ich sonst zu fliehen." Er lacht. „Zu Befehl, mon Capitan", scherz er und drückt der verblüfften Frau einen Kuss auf die Stirn. Dabei genießt er, das FUCK TOY-Tattoo von Nahem zu sehen.

Bald darauf ist Lulu an den Pult gefesselt und ihr schon reichlich farbenfroher Hintern, wenn auch von der Hand des „Vorbesitzers" Peter, streckt sich im herausfordernd entgegen. Thomas muss zugeben, dass der Anblick der kahlköpfigen Frau, wie sie hilflos über den Pult gefesselt ist, für ihn sehr anregend ist. Ihre Arme sind auf dem Rücken gesichert, die Handgelenke über Kreuz und hoch auf dem Rücken liegend. Denn ein weiteres Seil verbindet sie mit dem Hals, um den sie eine recht enge Seilwindung gelegt bekommen hat. Lulu röchelt von Zeit zu Zeit etwas, weil ihre Handgelenke Zug auf die Halsschlinge ausüben. Spielerisch streicht er ihr über die gefesselten Hände, dann über ihre Fußsohlen, denn er empfindet es als sehr ästhetisch, wie ihre nackten Füße so aneinander liegen und so gefesselt sind. Besitzergreifend fasst er sie mit der Linken fest in den Nacken, was sie noch mehr keuchen lässt. Gleichzeitig sucht seine Rechte ihre Scham und reibt sie heftig mit dem Handrücken. Lulu reagiert und heftiges Wippen ihres ausladenden Hinterteils. Dann suchen seine beiden Hände ihre Rosette, die sauber vor ihm liegt, als er ihre Hinterbacken auseinanderzieht.

„Mädchen, du hast selbst hier blaue Flecken", kommentiert er, denn sogar um ihren After herum sind welche zu finden. „Mein Herr hat mich auch hier oft geschlagen", kommt von ihr als Antwort und es klingt ein wenig wie eine Beschwerde. Er seufzt und streichelt ihre malträtierten Hinterbacken zärtlich. „Eins ist klar, Mädchen, du bist mit deinem Körper nicht besonders vorsichtig." Lulu seufzt tieft, was allerdings zu einem kleinen Hustenanfall führt. Der Halsschlinge halber, mutmaßt Thomas. „Ich brauche einen guten Herrn, der auf mich aufpasst", gibt die Gefesselte von sich und atmet dabei schwer.

„Dafür bin ja jetzt ich da", antwortet er und küsst ihren Po auf beide Backen. Lulu erschaudert wohlig unter den Küssen. Er seufzt. „Für den Riesenschwengel brauchen wir aber ein Gleitmittel." Zu seiner Verblüffung kichert Lulu, anstatt zu antworten. Was wieder zu etwas Röcheln und Husten führt. „Warum lachst du?", fragt er und muss selbst schmunzeln. „Die Nachrichten", erklärt sie kratzig. „Da kam, sie hätten gestern einen Rapper aus den USA verhaftet. Pee-Diddy oder wie der hieß. Und haben als Beweismittel für seine illegalen Sexpartys massenhaft Gleitmittel sichergestellt. Tausend Flaschen." Thomas lacht. „Dass die den überhaupt verhaften konnten, glitschig wie er war." Er räuspert sich. So freundschaftliches Scherzen ist zwar nett, passt aber überhaupt nicht zu einer SM-Session, wie er an seiner gefallenen Erregungskurve feststellt. „All dein Smalltalk wird dir nicht helfen. Der Ass-Buster muss trotzdem in deinen Hintern!" Zur Ermahnung schlägt er sie so kräftig auf ihre rechte Hinterbacke, dass sie nachfedert. „Ja Herr", erwidert sie unterwürfig. Dann hat er auch schon das Gleitmittel erspäht und ölt ihr mit den Fingern sorgsam die Rosette ein. „Hast du irgendwo ein Taschentuch oder eine Serviette rumliegen?" Er sieht sich suchend um. Lulu räuspert sich. „Herr, wenn ihr euch an mir dreckig gemacht habt, lecke ich eure Hand sauber." Sie kichert. „Oder was auch immer dreckig geworden ist." Er räuspert sich und hält ihr die Hand vor den Kopf, mit dem sie nach unten sieht, so wie sie gefesselt ist. Und schon fühlt er ihre Zunge an seiner Hand. Sie schleckt und leckt, dass ein richtig lautes Schmatzen zu hören ist.

„So, Zeit, das Ding reinzukriegen", kündigt er an und nimmt den schwarzen Riesenschwengel in die Hand. Er drückt die riesige

Spitze des Dings gegen ihren After und spürt den Widerstand ihres Schließmuskels. So geht natürlich überhaupt nichts. Mit rotem Kopf setzt er das Ding wieder ab und benetzt es erstmal ordentlich mit dem Gleitmittel. Pee-Daddy hätte das besser gewusst, denkt er und setzt den Schwengel wieder an. „Jetzt kriegst du den Rap in den Hintern", stößt er nicht ganz ernsthaft hervor. „Entspanne deinen Schließmuskel, oder du kriegst zehn mit dem Rohrstock hinten drauf!" „Ja Herr", haucht es unterwürfig von vorn. Wieder drückt er und diesmal noch viel fester, so dass es sogar ihn anstrengt.

„Entspanne gefälligst deinen Schließmuskel. Denk an tantrisches Yoga oder irgendwie so etwas." Sie ächzt nur ein „Ja Herr". Er schlägt sie viermal kräftig auf die rechte Flanke und genießt das laute Klatschen und ihr Wehklagen. „Wenn du dir keine Mühe gibst mit der Entspannung, kriegst du den Rohrstock drauf!", droht er und wird sich mit einem kleinen sadistischen Grinsen bewusst, wie sehr sich Entspannung und die Drohung mit dem Rohrstock widersprechen. Da! Es scheint ihm, als sei die enorme Spitze des Dings, die weniger spitz ist als man annehmen sollte, nun doch ein bisschen in ihrem After verschwunden. „Gutes Mädchen", lobt er. „Das ist mein Mädchen", schnarrt er und streichelt ihren Rücken. *Wie SM und Emanzipation der Frau zusammenpassen, sollte man ernsthaft auch einmal akademisch untersuchen*, denkt er grinsend. Von wegen das viele „Mädchen"-Gerede, das ihm mittlerweile selbst sauer aufstößt. „Drücke doch, als ob du auf der Toilette sitzt. Aber nicht so fest, dass du wirklich…", beginnt er. Und wirklich scheint sie sich diesbezüglich Mühe zu geben und das Ding verschwindet gut zwei Zentimeter im After. „Au!", gellt ihr Schrei durch das

Strafzimmer. „Ja Au", kopiert er sie sarkastisch. „Wer hätte gedacht, dass das weh tut." Er schiebt kräftiger nach und das Ding verschwindet weiter im Hinterteil Lulus, die jetzt allerdings den Kopf in den Nacken wirft und laut schreit. „Fuck! Wir haben den Knebel vergessen!", wird ihm klar. „Nicht, dass du noch die Nachbarschaft zusammenschreist. Obwohl das nächste Haus dreihundert Meter weit weg steht." Er greift den roten Gummiknebel. Den dicksten, den sie ausgesucht hat. Er hält ihr den roten Ball vor den Mund, aus dem immer noch Laute des Wehklagens kommen, wenn jetzt auch eher leise und langgezogen. Er achtet unterdessen darauf, mit seinem Hosenlatz gegen das Ende des Ass-Busters zu drücken, dass er nicht wieder aus dem After herauskommt. Er merkt, dass der Gummiknebel auch nicht ganz hineinpasst, denn ihre Zähne sind oben und unten im Weg. „Und meckere nicht, dass dein alter Herr dich so hart rangenommen hat. Immerhin hat er deine Zähne drin gelassen", gibt Thomas von sich und merkt, wie sehr ihn seine Rollenspiel-Grausamkeit erregt. Nicht, dass ich ihr so etwas jemals antun würde, setzt er gedanklich hinzu. „Maul auf!", kommandiert er, weil er weiß, dass sie auf so einen herzlosen Kommandoton mit Erregung reagiert. Und sie soll ja auch etwas davon haben und nicht nur ass-gebustert werden, wie er denkt. Obwohl ihr das wohl auch Spaß macht. Da macht sie ihren Mund weiter auf und er schiebt noch kräftiger. Ihm fällt ein Leitsatz aus seinen Seven-Seven-Filmen wieder ein. „Ist er einmal hinter den Zähnen, passt er problemlos rein." Der Augenblick kommt und der dicke Gummiball verschwindet eben dort in der Mundhöhle. Ihre Augen werden unglaublich weit, als der Knebel viel Platz für sich reklamiert. „Gulp!", gibt Lulu nur von sich. „Das Wort zum Sonntag, okay", kommentiert er und macht sich wieder daran, den

Schwengel tiefer in ihren Anus zu drücken. Diesmal stemmt er sich mit seinem Unterkörper fest dagegen, so dass ein Unterkörper selbst Druck ausübt und führt und schiebt ihn mit beiden Händen weiter ein. Befriedigt stellt er fest, dass er jetzt mehrere Zentimeter hineinrutscht. Begleitet von schrecklichem Gejammere seiner Lulu, die unter dem dicken Gummiknebel immer noch eine erstaunliche Lautstärke produziert. Sie schnarrt kehlig vor sich hin, als er schiebt und schiebt.

„Was ist denn hier los?", reißt ihn Susannes laute Stimme aus der Halbtrance, die er beim Hineinwürgen eingenommen hat. Wo er doch gerade so begeistert war, dass sich der Ass-Buster dem ersten Stahlring nähert, der das Versenken des ersten Abschnittes markiert hätte. Er dreht sich um. Da steht in der geöffneten Tür Susanne und hat einen schrecklich roten Kopf. „Seid ihr denn wahnsinnig?" Er muss schlucken. Was soll man da sagen, wenn man dabei ist, einer gefesselten Nackten einen überdimensioniert Gummi-Phallus in den eigentlich zu kleinen After zu schieben. „Schuld war nur der Bossa-Nova", krächzt er.

„Nimm ihr doch das Ding aus dem Hintern!", kreischt Susanne fast und ist völlig außer sich. „Mmpf!", tönt es dazu unsicher von der gefesselten Lulu. „Siehst du, sie stimmt zu", flachst Thomas, der versucht, aus der Situation das Beste zu machen. Susanne stampft unterdessen mit dem Fuß auf.

„Zieh ihr den Dildo aus dem Arsch!" Thomas seufzt. „Jetzt wo er endlich ein Stück drin ist…", wirft er zögernd ein. Doch Susanne ergreift jetzt die Initiative und reißt ihn einfach zurück. Einen

Meter hinter der gefesselten Lulu stehend, fixiert er seinen Blick auf den dicken Ass-Buster, der immer noch in Lulus Rektum steckt. Auch Susanne starrt auf den Gummidildo, wenn auch mit Entsetzen. „Mmpf!", scheint Lulu zu protestieren und man sieht deutlich, wie sich der Gummischwengel wieder rückwärts bewegt. „Gleich isser draußen", merkt Thomas, der sich seine Hose glattstreicht und froh ist, dass seine Erektion kleiner wird. Dann passiert es. Der Dildo rutscht aus dem After und knallt auf den Boden. „Mmpf! Mmpf!", kommentiert Lulu, kurz bevor sie sich völlig in ihren Fesseln verkrampft und vor und zurück wippt. Dazu schreit sie herzergreifend unter ihrem dicken Gummiknebel. „Das soll wehtun, wenn der Dildo so plötzlich entfernt wird", belehrt sie Thomas schulmeisterlich. „Weil sich die Darmwand plötzlich…"

„Genug!", schreit Susanne. „Nimm ihr den Knebel raus!" Kaum will er sich ans Werk machen, hat Susanne schon selbst Hand angelegt und er sieht, wie sie sich abmüht, den übergroßen, roten Gummiball wieder hinter ihren Zähnen vorzukriegen. Es bereitet Lulu, immer noch hilflos an den Pult gefesselt, sichtlich Mühe, das Ding freizugeben. Am Ende werden ihre Augen übergroß, sie wimmert und mit einem merkwürdigen „Plopp!" kommt der Knebel frei.

„Wenn sie gut sitzen, machen sie das Geräusch", kommentiert Thomas, der sich an entsprechende Lehren aus den Seven-Seven-Productions-Filmen erinnert. Seine Kollegin wirft ihm einen giftigen Blick zu. Sie kniet sich vor Lulu hin und streicht der hustenden Frau übers Haar.

„Geht es dir gut, Schatz?"

Lulu nickt. Doch ihre Antwort verliert sich in einer Hustenkaskade.

„Dieser Lump, hat er dir das Seil um den Hals so fest angezogen? So ein Verrückter", gibt Susanne im erstaunlich zärtlichen Tonfall von sich und streichelt dabei Lulu über den nackten Schädel.

„Ich mag es so!", antwortet Lulu schließlich und Thomas atmet auf. Hätte Susanne eben die Staatsmacht gerufen und Lulu ihn nicht entlastet, die Situation wäre sicherlich den Beamten eindeutig erschienen.

„Geben Sie zu, die Frau Lulu Meier", oder wie auch immer sie mit Nachnamen heißt, „nackt an eine Folterbank gefesselt und die geknebelte Frau anal mit einem übergroßen Phallus gefoltert zu haben."

„Das stimmt so nicht!", entgegnet Thomas in dieser fiktiven Vernehmung energisch, die sich in Sekunden nur in seiner Fantasie abspielt. „Es war ein Folterpult, keine Folterbank!" Es erinnert ihn an eine Szene in einem Seven-Seven-Film. In dem ausnahmsweise spielfilmartigen Streifen wurde ein Serienmörder von jungen Frauen von einem Polizisten verhört. Und der Mörder versicherte dem Polizisten: „Ich habe sie nicht umgebracht, Herr Wachtmeister. Als ich sie eingemauert habe, hat sie noch gelebt!"

Thomas wird aus seinen Gedanken gerissen, als er sieht, wie Susanne wieder hochkommt und dann der immer noch an den Pult gefesselten Lulu über die hübsch präsentierten Hinterbacken streichelt.

„Geh bitte raus, Thomas. Ich muss mit Lulu allein reden!" Susanne sagt es sehr energisch und wirft ihm einen solchen Mörderblick zu, dass er nicht widersprechen kann.

Doch da sieht er, dass Lulu ihren Kopf hektisch von links nach rechts schmeißt. Sie hustet und spuckt. Susanne verzieht das Gesicht, als ihr ein Schleimfaden vom Mund auf den Boden tropft. „Ich… ich will es. Lass Thomas weitermachen." Sie dreht den Kopf zu Susanne hin. „Bitte. Das ist es, was ich brauche. Und ich brauche jetzt den Rostock. Du kannst gern zuschauen Susanne." Lulu zögert. „Du weißt ja, dass ich dich auch gern als meine Herrin haben würde."

Thomas sieht, wie Susanne ein entsetztes Gesicht macht. „Nicht das schon wieder!", stößt sie hervor. Er zieht eine Augenbraue hoch. Also gibt es da schon eine Vorgeschichte, überlegt er. „Wichtig ist, was Lulu will", erklärt er ihr schulmeisterlich. „Also, ich gehe raus", erklärt Susanne schnaufend. Als sie die Tür geschlossen hat, wendet er sich wieder Lulu zu. Er tritt an ihre Seite und redet mit ihrem vorderen Ende, während seine Hand tief in die Feuchte zwischen ihren Beinen gleitet.

„Du willst jetzt den Rohrstock?", fragt er. Lulu hebt etwas den Kopf und nickt. „Und setz mir den Knebel wieder ein. Du musst hart zuschlagen, bis ich Striemen habe." Sie hustet. „Mein alter Herr Peter hat mich immer solange geschlagen, bis erste leichte Blutungen aufgetreten sind."

Er schnauft. Weil er ahnt, dass sie den autoritären Tonfall mag, gibt er den nächsten Satz von sich. „Wann ich aufhöre dich zu schlagen, bestimme nur ich, ist das klar?" Sie nickt ergeben und murmelt das übliche „Ja Herr". Und er stellt fest, wie eng es wieder in seiner Hose wird.

„Und was den Knebel angeht, da haben wir wohl etwas besseres", gibt er von sich, denn er hat in einem Regal zur Rechten etwas erspäht.

Kurze Zeit später sieht Lulu ihn ängstlich an, als er mit einem metallischen Ungetüm vor ihr steht, das aus glänzendem Stahl ist. Ein flaches, verstellbares medizinisches Gerät bestehend aus gebogenen Stahlrohren, das etwa den Durchmesser eines Kopfes hat. „Oh das!", gibt Lulu in jammerndem Tonfall von sich, als sie das Gestell erblick.

„Ein Dentalknebel", bestätigt Thomas. „Auch Maulsperre" genannt. „Ich mag den gar nicht so gerne", jammert Lulu fast weinerlich.

„Aber warum liegt er dann hier?"

Sie zögert mit einer Antwort. „Mein Herr hat ihn oft angewandt. Er hat gesagt, als Sklavin habe ich selbst kein Recht darüber zu entscheiden, was in meinen Mund hinein und herauskommt." Er räuspert sich. „Er hindert dich am Reden, hält dir aber dein zuckersüßes Sklavenmäulchen weit offen. Das hat eindeutige Vorteile", feixt er. „Ja Herr", antwortet sie gehorsam. Er probiert eine Weile herum, dann versteht er, wie das Gestell funktioniert. Am Ende bekommt Lulu, die gehorsam den Mund öffnet, die untere und obere gebogene Stahlschiene in den Mund. Ihre Zähne kommen von oben und unten gegen den stählernen Eindringling. Das Gestell hat eine lederne Schnalle, die er im Nacken der kahlgeschorenen Frau fixiert. Spielerisch streichelt er über ihre

Glatze mit dem FUCK TOY-Schriftzug. Dann dreht er an der Schraubverstellung, mit der man die beiden Stahlschienen weiter voneinander entfernen kann. Lulu stöhnt, als der expandierende Dentalknebel ihren Kiefer weit aufzwängt. Ihre Augen werden groß und sie spuckt Speichel. Er sieht ihre weißen Zähne, die oben und unten von den Stahlschienen auseinandergezwungen werden und sieht ihre rosa Zunge aufgeregt im Mund hin und her wackeln. „Gutes Mädchen", lobt er und tätschelt ihren Hintern. „Jetzt fehlt nur noch eines, dann kriegst du den Rohrstock." Sie sieht in fragend an. Doch er hat noch etwas anderes in den Regalen entdeckt.

„Muss doch alles ein Vermögen kosten", überlegt er laut. „Wie habt ihr so viel SM-Gerät alles anschaffen können?" Er sieht sich um. „Allein so ein Streckbank-Nachbau. Das kostet doch viele tausend Euro so etwas, oder?"

Lulu nickt und versucht etwas zu sagen, was allerdings nur als eine Folge von langgezogenen „Mm", „Ah" und „Oh"-Lauten zu hören ist und völlig unverständlich ist.

„Na mal sehen, ob wir deiner undeutlichen Aussprache helfen können", brummt er und greift nach einer hölzernen Wäscheklammer, die zusammen mit unzähligen anderen in einer roten Plastikwanne im selben Regal liegt, in dem auch der Dentalknebel gelegen hat. Lulu grunzt etwas Unverständliches.

Er hält die Wäscheklammer direkt vor ihre Nasenspitze. So dicht, dass sie schielt, als sie versucht, sie anzusehen. Er lacht. „Na, nun streck die Zunge raus, du freche Göre."

Doch Lulu schüttelt den Kopf. Für einen kurzen Augenblick zögert er, schließlich war heftiges, langes Kopfschütteln das Safeword. Für all die Situationen, wenn sie nicht das richtige Wort sagen kann. Was war das andere Safeword doch gleich? Er kratzt sich am Kopf. Das hier ist es jedenfalls nicht, denn sie hat ja nur wenig und kurz den Kopf geschüttelt. „Willst du das Safeword benutzen?", fragt er vorsichtshalber ganz leise. Sie rollt mit den Augen, irgendwie genervt. Er muss schmunzeln. „Also dann her mit der Zunge, oder ich nehme mir eine der Zangen da hinten und hole sie raus." Sie sieht ihn (gespielt?) ängstlich an und streckt die Zunge weit raus, sogar mit einer Art von „Aah" dazu. Er steckt die Wäscheklammer energisch auf die Zungenspitze und muss selbst vor Schreck das Gesicht verziehen, als sie laut unter dem Dentalknebel murrt und ihm Speichel entgegenfliegt. Sie windet ihren Kopf hin und her, aber die Wäscheklammer bleibt auf der Zungenspitze sitzen.

„Was macht ihr eigentlich mit den Zangen?"

„Ah", „oh", „ah", „mmm", „ampf!", antwortet sie, geknebelt wie sie ist. „Ah so", antwortet er, während er sich am Anblick der auf der Zungenspitze tanzenden Wäscheklammer ergötzt. Dazu die großen, tränenschweren Augen und der nackte Schädel mit seiner hübschen Beschriftung, das macht ihn an. Auch ihre in der Luft hängenden, nackten Brüste, die jetzt ausgesprochen voll wirkend herunterhängen, verfehlen ihre Wirkung nicht. Er fasst beide Brüste vorsichtig an, indem er ihre Brustwarzen jeweils zwischen Zeigefinger und Daumen nimmt. Dazu macht er Melkbewegungen, dass mal die linke und mal die rechte Brustwarze tiefer unten ist und ergötzt sich am Anblick der so abwechselnd gestreckten Brüste. Wieder verdreht sie die Augen, ob vor Qual oder Lust kann er nicht sagen. Aber bei Lulu liegt das eh eng beieinander, weiß er. Dann wechselt er die Methodik und schlägt beide Brüste einfach locker mit den Händen, was laut klatscht und die Brüste wie wild hin und her schwingen lässt. Lulu murrt und bewegt ihren Hintern rhythmisch. Er lacht und fasst wieder nach hinten an ihre Pussy, die schön nass ist. „Wir dekorieren dich noch etwas, dann ist es Zeit für eine ordentliche Tracht Prügel auf den Hintern, was?" Er überlegt einen Moment und nimmt dann ein gebogenes, kurzes Stahlstück mit Riemen aus einer Plastikschale. Von da, wo auch die Klammern lagen. „Das ist ein Nasenhaken, oder?" Sie nickt. „Du wackelst mir sowie mit dem Kopf viel zu sehr herum. Da will ich dir auch den Kopf fixieren." Sie nickt. Allerdings hat sie zum Thema Nasenhaken doch noch etwas mitzuteilen, denn als er das Ding probeweise ansetzt, wobei jedes Ende des Hakens perfekt in eines ihrer Nasenlöcher passt, da versucht sie wieder trotz „Maulsperre" und Klammer an der Zungenspitze zu sprechen, was aber wieder nur die übliche Vokal- und Murrkaskade wird. „Ich verstehe kein Wort", kommentiert er. „Wenn es eine Bitte ist, nicht den Nasenhaken zu nehmen, dann vergiss ist", schnarrt er und setzt ihn richtig ein. Mit dem Riemen zieht er ihren Kopf hoch, den sie mit fast aus den Höhlen tretenden Augen so weit nach hinten legt, wie es geht, um von ihrer malträtierten Nase etwas Zug zu nehmen. Die sieht alsbald wie eine Schweinenase aus, so sehr hat er sie nach oben gezogen. Ihr Nasenrücken ist ganz und gar in Fältchen gelegt. Ihr Nasensteg sieht ausgesprochen possierlich aus, so glatt und senkrecht, wie er jetzt mitten in ihrem Gesicht sitzt. „Nur wo mache ich das Ende des Riemens fest?", überlegt er laut. „Ja wenn es einen Arschhaken gäbe in eurem Sammelsurium, das wäre was." Lulu hustet, schluckt und röchelt, dass Speichel fliegt und versucht wieder etwas zu sagen, aber das ist so natürlich nicht möglich. Er nimmt den Nasenhaken wieder heraus. Einerseits um den Arschhaken zu suchen, andererseits auch, um ihr Gelegenheit zum Safeword-Kopfschütteln zu geben. Am Ende lässt sie einfach den Kopf hängen und wirkt einfach erschöpft, während er nach ein paar Minuten und vielem Herumwühlen wirklich ein gebogenes, zeigefingerdickes Stahlrohr findet, das mit Lederschnur an einem Ende nur einen Zweck haben kann. „El Anal-Hook", scherzt er mit vorgetäuschtem fremdländischen Akzent. „Da ist er."

Kurze Zeit später macht Lulu ein unglückliches, ja fast panisches Gesicht, als er sie fertig verziert hat. Ihre rosa Zungenspitze ganz vorn, mit der dicken Klammer drauf, der aufgerissene Mund mit dem vielen Stahl, der ihn aufhält, die hochgezogene Nase mit ihrem nicht mehr sichtbaren Nasensteg, die tränenden, rot gewordenen Augen. Der Nasenhaken-Riemen über den kahlrasierten Schädel und wie er sich hin zum Po spannt, wo er in ihrem After verschwindet, das ist ein erregender Anblick. Die Verbindung von Nasen- und Analhaken zwingt sie, den Kopf ganz starr und in den Nacken gelegt zu haben. Er besieht sich sein Werk und nickt. Der Nachteil ist, muss er zugeben, dass der Fliesenboden unter ihrem Kopf rutschig wird, denn der Speichel läuft natürlich reichlich. Er spielt wieder an ihren frei hängenden Brüsten und drückt ihre Vorhöfe hart in jeder Hand, was sie murren lässt.

„Mmm-ha!"

„Was sagst du, Schatz?"

„Mmmm-Mooohaaa-Mmmaa!"

„Ich verstehe nicht, wie war das?"

Sie sieht ein bisschen ärgerlich aus. „Ohhh-aaaah-Mmmm-aaah!"

„Keine Ahnung, was das heißt, Schatz. Aber jetzt erstmal die Klammern an die Brustwarzen." Es bereitet ihm selbst körperliche Schmerzen, als er ihr links eine Wäscheklammer direkt auf den zarten Nippel setzt. Aber andererseits, rechtfertigt er sich vor sich selbst, hat sie ja gesagt, dass sie es hart braucht. Oh, wie sie jetzt hin und her zappelt, so weit es die strickte Fesselung erlaubt. Was nicht allzu viel ist. Sie wirft sogar ihren Kopf hin und her, was erstens den Nasenhaken verrutschen lässt, so dass der Riemen jetzt an ihrem rechten Auge herumscheuert und zweitens auch Auswirkungen auf ihren Hintern hat, wo sie sich selbst mit dem Haken am After herumreißt.

„Schatz! Nimm dich zusammen! Das war erst die eine Brust. Und sieh, was du mit deinem schönen Nasenhaken gemacht hast!"

Er gibt ihr eine gespielte Ohrfeige, was wegen dem vielen Stahl an ihrem Kopf nicht besonders gut geht. Sie sieht ihn richtig erschreckt an. „Denk nicht, dass ich dir alles durchgehen lasse, nur weil ich der Neue bin. Ich denke, dein alter Herr hat dir manchmal zu viele Narreteien durchgehen lassen, was?" Wieder erntet er einen verblüfften Blick, während er ihren Nasenhaken begradigt. „Und was soll das nachher mit deiner Zappelei werden, wenn du den Rohrstock kriegst?" Wieder ein erschreckter Blick. „Denn zwanzig wollte ich dir schon hinten draufgeben." Sie reagiert nicht. „Zum Aufwärmen", fügt er feixend hinzu. „Und dann legen wir richtig los", schmunzelt er. Wieder gibt sie eine unverständliche Lautkaskade als Antwort. Er hält diesmal ihren Kopf fest, als er ihre andere Brustwarze mit einer Wäscheklammer krönt.

„Kein Grund, da keine Klammern dranzuhaben an den Zitzen, oder?", fragt er sie. „Oder brauchst du deine Warzen für irgendwas? Milchkaffee trinke ich ja gerade keinen", sagt er und tätschelt ihre Hinterbacken, dass es laut klatscht. Seufzend nimmt er eine Rolle Draht, die er weit hinten in dem Strafzimmer erblickt hat. „Wofür die wohl war?", überlegt er, als er mit einem veritablen Zelt in der Hose das Zimmer durchquert. Auch eine Kneifzange ist dort zu finden und so steht er bald mit beidem vor Lulu.

„Zeit, deinen Nasenhaken besser zu fixieren."

Als er mit Drahtrolle und Zange gerade fertig ist, klopft es an der Tür. „Auch du lieber Schreck", denkt er. „Schon wieder diese verdammte Susanne."

Susanne steht vor dem Kopfende von dem Prügelpult, auf dem naturgemäß Lulu noch immer festgeschnallt ist. Nur, dass diese jetzt einen gänzlich dramatischen Anblick bietet. „Ihr seid doch völlig bescheuert", wiederholt Susanne immer wieder, als sei es ein Mantra. „Der Draht fixiert den Nasenhaken", erklärt ihr Thomas gerade zum wiederholten Male, so als sei es das Normalste von der Welt.

„Du hast ihr den Kopf so mit Draht eingewickelt, dass die Haut richtig fies zwischen den Wickeln hervorquillt!", beschuldigt sie ihn. Mit einer Geste sorgsamen Abwägens muss er ihr zustimme. „Fürwahr", beginnt er eine Antwort. „Ohne gewissen Halt würde das mechanisch nicht funktionieren." Knapp unter den Augenhöhlen und über der Oberlippe sind die Drahtwickel eng um Lulus Kopf gewunden. Susanne schüttelt wieder den Kopf, wirkt aber auch irgendwie angeregt, überlegt er. Ist ihr schweres Atmen Wut oder blanke Erregung? Vielleicht kann noch etwas sachdienliche Aufklärung helfen.

„Siehst du, der Nasenhaken zieht die Nase ja richtig hoch. Richtig extrem."

„Allerdings", stimmt Susanne zu, während Lulu stöhnt und röchelt und mit ihrem Hinterteil irgendwie rhythmisch wackelt. „Ich habe den Nasenhaken am Drahtwickel befestigt, der zugegebenermaßen etwas martialisch aussieht", führt er aus. „Und dann den Gesäßhaken…",

„…den Arschhaken", wiederholt sie mit schwerer Stimme,

„…den Arschhaken, genau", stimmt er zu, „mit dem Drahtwickel verbunden. Damit sie gut fixiert ist." Susanne nickt energisch.

„Und so hält sie den Kopf schön hoch, weil sie sich sonst einen ziemlichen Zug in ihrem After verursacht", erklärt er mit ein paar unschuldigen Handbewegungen.

„Der Haken, der tief und kalt in ihrem Gedärm sitzt", wirft Susanne irgendwie bestätigend ein.

„Nun, so tief auch wieder nicht. Aber tiefer als ein Zäpfchen vom Apotheker, das ist sicher wahr."

„Und die Klammern an ihren Brustwarzen", lenkt seine Kollegin das Gespräch auf einen anderen Aspekt. „Hat sie die auch gewollt?" Ihre rechte Hand hat kurz ihre eigenen Brüste berührt, die natürlich von der Bluse bedeckt sind. Das fällt ihm auf. „Sie hat nicht protestiert. Bis auf ein paar Ahs und Ohs natürlich", erklärt er ruhig.

„Sollen *wir* ihr jetzt die Schläge auf den Hintern geben, die sie will?" Susanne scheint zu überlegen und bewegt kreisend das Becken.

„Und die Klammer auf der Zungenspitze? Das muss doch wehtun?", fragt sie, da sie seine Frage nicht gehört hat.

Er kichert. „Nun, die Klammern auf den Brustwarzen merkt sie sicher bis runter in die Muschi."

Er sieht, wie Susanne endgültig rot anläuft und unruhig in ihren hohen Stiefeletten hin und her tritt. Er glaubt, ihre Erregung riechen zu können.

„Und du willst sie jetzt schlagen?"

Statt einer Antwort greift er sich einen der zahllosen Rohrstöcke, die in einem dicken Schirmständer stehen. „Das wird schon wehtun", stellt er fest.

„Ich schlage sie erst einmal mittelhart und dann kann sie entscheiden, ob rauf oder runter mit der Kraft. Sag ihr das bitte." Susanne scheint wie aus einer Trance zu erwachen. „Oh, äh, ja natürlich", gibt sie zerstreut von sich und tritt an den Kopf Lulus heran. Allerdings hat Lulu die Augen dreiviertel geschlossen und scheint auch in einer Art Trance zu sein. Er sieht, dass Lulu ihren Kopf immer wieder vor und zurück bewegt, was natürlich zu einer Art Analmasturbation führt. Susanne spricht sie an, doch sie reagiert nicht. „He, Lulu, hier ist Susanne!", ruft sie entschieden und schlägt der gefesselten Frau schließlich zweimal leicht auf ihre linke Wange. Da erst scheint sie Lulu wahrzunehmen. Susanne erklärt ihr, dass sie gleich geschlagen wird und deutlich machen soll, ob die Schlagstärke danach für den Rest der Schläge rauf oder runter gehen soll.

„Sag ihr, ein *Mmpf* für runter und zwei *Mmpf* für rauf!", schlägt er vor. Susanne sieht ihn zerknirscht an, kichert dann aber. Sie erklärt ihr etwas in der Art mehrfach und Thomas wird es langweilig, so dass er anfängt, an der Muschi von Lulu herumzuspielen, was diese zu stärkeren Wippbewegungen veranlasst.

„Sie hat es!", gibt Susanne da bekannt. Daraufhin stellt er sich breitbeinig in Positur, begutachtet den dicken Rohrstock und lässt ihn dann einmal direkt hinter ihrem Po durch die Luft sausen, so dass sie noch den Luftzug fühlen muss. Er sieht, dass sie zusammenzuckt und ihre Hinterbacken sich ver- und entkrampfen. Was ein ausgebrochen schöner Anblick ist, wie er findet.

„Mmpf, Mmpf", gibt die gefesselte Frau von sich und Thomas sieht triumphierend zu Susanne rüber. „Sie mag es wirklich", stöhnt diese und er sieht, wie ihre Hände zu ihren eigenen Brüsten gehen.

Er schlägt gleich mehrfach zu und sieht, wie sich jedes Mal rote Striemen auf Lulus Hintern bilden. Ihre Pobacken verkrampfen sich unter den Schlägen und sie stöhnt unter dem Knebel. Sorgenvoll rennt Susanne zu ihr. „Magst du es auch wirklich?", fragt sie die Gefesselte, während sie vor ihr in die Hocke geht. „Wir hören jederzeit auf, wenn es dir zu viel wird", betont sie und streichelt die Glatze der Gefesselten. Die brummt etwas Unverständliches unter ihrem Dentalknebel. Auch die Klammer auf der Zungenspitze hilft nicht beim Reden.

„Gagl", scheint Lulu speichelspritzend von sich zu geben. Thomas fällt auf, dass sich Susanne zwischen den Beinen reibt, wo ihre Jeans eng anliegt.

„Sag einmal *Gagl* für Aufhören und Losbinden und zweimal *Gagl* für Weitermachen", erklärt ihr Susanne, die dabei die Brüste Lulus streichelt. „*Gagl, Gagl*", gibt Lulu recht klar von sich.

„Wenn du willst, kannst du sie ficken. Mit einem Gummischwengel. Die Dinger haben einen kleinen Fortsatz für die Trägerin", erklärt er ihr und zeigt auf ein Regel zur Rechten.

Susanne sieht ihn erst konsterniert an, doch dann geht sie schnurstracks zum Regal und nimmt den Gummischwengel aus dem Regal. Sie bewundert das riesige Gummiding, das schwarz wie das ganze Geschirr ist und sieht errötend auf den viel kleineren Fortsatz, der in der Trägerin stecken soll.

„Das dicke Ende muss doch wehtun", murmelt sie mehr zu sich selbst als zu Thomas. Sie betrachtet das Ding wie in Trance.

„Oder soll ich sie weiterschlagen?", fragt er. Der Satz lässt einen

Ruck durch sie gehen und sie sieht Thomas errötend an.

Jetzt lädt sie mich ein, ihr das Ding zu befestigen, denkt er erregt. Doch ihr nächster Satz ist wie ein Eimer kaltes Wasser.

„Du gehst bitte raus, Thomas. Ich werde mich jetzt eine Weile um Lulu kümmern." *Sie will sich das Ding anlegen und Lulu durchbohrern*, wird ihm klar. *Mist. Ich bin draußen.* Er murrt etwas Unverständliches, nickt und geht aus dem Zimmer. „Ruf mich, wenn du fertig bist", sagt er in der Tür.

„Das kann dauern. Warte besser nicht auf uns", erklärt sie ihm und es klingt ziemlich schnippisch.

Genervt steht er auf dem Flur. Eine alte Villa mit unzähligen Zimmern, aber nur in einem gibt es zwei geile Mäuschen. Und die beschäftigen sich mit sich selbst. Was Lulu dazu sagen würde, weiß er natürlich nicht. Aber so steht er unschlüssig auf dem Flur. Am Liebsten hätte er durch das Schlüsselloch geguckt, was im Inneren vor sich geht. Aber so weit will er sich doch nicht erniedrigen. Er wartet noch einen Augenblick, bis er schließlich Stöhnen aus dem Raum hört. Stöhnen, das eindeutig von Susanne stammt. *Gutes Stoßen*, denkt er und geht mürrisch zurück ins Erdgeschoss. Dort steht er eine Weile herum, als würde er auf ein kleines Wunder warten, das ihn am Gehen hindert. Doch nichts passiert und so geht er durch die Verbindungstür in die Garage und startet den alten Mitsubishi.

DIE ANNONCE

So geht der Abend dahin. Er zieht sich daheim einen Film rein, in dem eine junge Frau gekidnappt wird und ihr dann J.P., der übliche Dominus von Seven-Seven-Productions, ein schreckliches Erwachen liefert. Denn sie wird nur mit Strumpf und Straps bekleidet auf einer Folterbank wach. Natürlich wissen alle regelmäßigen Zuschauer von Seven-Seven, dass es eben der übliche Dominus ist und dass die Darstellerin des Entführungsopfers auch wieder nur Jane M., die übliche Darstellerin ist. Eine von einem halben Dutzend verschiedener. Aber diesmal ist es spielfilmartig aufgezogen und Jane spielt eine panische Sekretärin und J.P. einen Frauenmörder. Es wird viel gefoltert, u.a. wird die arme Jane mit echter chinesischer Tropfenfolter bearbeitet. Will sagen, ein Eimer mit einem Loch ist über ihrer Stirn befestigt und tropft ständig auf sie. Dieses ständige Pochen soll das Opfer wirklich auf die Dauer verrückt machen, wie Thomas auch schon gelesen hat. Und in der Tat spielt die Darstellerin Jane M. diesmal besser als sonst in den Streifen. Sie scheint wirklich mitgenommen zu sein. Gut, das Video dauert gut vierzig Minuten und eine halbe Stunde davon wird sie offensichtlich mit der Tropfenfolter bearbeitet. Da kann einem schon anders werden, denkt er.

Eine richtig gestresste Jane wird dann unter der Decke aufgehängt und ausgepeitscht, bekommt Gewichte an die Schamlippen, wird wieder runtergelassen, bekommt einen Einlauf, lässt ihn in einen Eimer schießen und muss am Ende ihre eigene Schweinerei wegmachen. J.D. hängt sie am Ende noch kopfüber unter der Decke auf und man sieht, wie der Darstellerin mulmig wird. Plötzlich ist der Film zu Ende. Ob sich die arme Frau übergeben hat? Obwohl er gut mitgegangen ist in dem Film und so seine Erregung ableiten konnte, empfindet er Mitleid für Jane M. In einem solchen Streifen mitzumachen ist harte Arbeit für die Frauen und war ja Gott sei Dank richtig gut bezahlt. Wie er mal gelesen hat.

Am nächsten Tag in der Firma sieht er Susanne. Und ertappt sich dabei, sie mit hungrigem Blick auf dem Flur anzusehen und ihr dabei einen guten Morgen zu wünschen. Sie nickt ihm nur zu und sieht schnell weg.

Doch zu seiner Überraschung kommt sie später in sein Büro. „Kann ich dich mal sprechen", sagt sie mit Grabesstimme. Er schluckt und folgt ihr in einen leeren Besprechungsraum. Sie setzt sich erst gar nicht, sondern legt sofort los.

„Hör zu Thomas", fängt sie umstandslos an. „Lulu und ich. Wir sind uns nähergekommen. Lulu dankt dir für allen Service, den du ihr geleistet hast." Sie ist etwas rot angelaufen bei den Worten und grinst. „Sie wünscht dir, dass du jemanden findest, der zu dir passt. Vielleicht über einschlägige Annoncen in den Magazinen. Da gibt es ja viele Frauen, die so sind." Susanne rollt mit Augen. „Wenn auch längst nicht alle so extrem wie Lulu sind." Sie sucht nach Worten. „Jedenfalls… geht es so weiter, dass Lulu und ich jetzt… gewissermaßen zusammen sind."

Er räuspert sich. „Du bist jetzt also ihre Domina, wenn ich das richtig verstehe."

Susanne ist richtiggehend erleichtert. „Genau. Also…"

„Ich bin draußen, schon klar", subsummiert er. „Richtig", bestätigt sie mit verlegenem Grinsen. Er nickt. Mit etwas unschlüssigem Gesichtsausdruck verlässt sie einfach den Raum. *Das wird peinlich, sie in der Firma immer wieder zu sehen,* denkt er.

Am Abend findet er sich unruhig am Schreibtisch wieder. Annoncen, denkt er. Vielleicht sollte ich es ja mal probieren. Und nach einer halben Stunde Googeln findet er sich auf einer Seite mit SM-Kontaktanzeigen wieder. Eine der Annoncen fängt sofort seinen Blick ein.

Asiatin steht für Fußbestrafung zur Verfügung. Nur ernstgemeinste Zuschriften. Nicht ganz billig.

Er seufzt. Vielleicht mal was anderes. Aber sicher wird es teuer. Aber was soll's. Er ist jetzt so tief in seinen SM-Fantasien, die er nun das erste Mal wirklich praktizieren konnte, dass ihm wohl nichts anderes übrigbleiben wird. Schnell ist eine E-Mail-Kommunikation zustande gekommen. Das Treffen ist schon am nächsten Tag. Sie werden sich in einem Café treffen. Nicht demselben, wie das, in der er Lulu getroffen hat. Mit aufgeregtem Magen geht er schon frühzeitig zum Treffpunkt.

Die junge Frau trifft er am nächsten Tag im Café Tea-for-many, wie es heißt. Eine zierliche Asiatin, die sofort kichert als sie ihn sieht und aufsteht.

„Sie sind Frau Lin?", fragt er.

„Fuß-Lin, das bin ich, genau", kichert sie mit einer samtigen Stimme und zusammengekniffenen Augen.

„Fuß-Lin", wiederholt er. „Ah ja."

„Also sie wollen mich als Sklavin benutzen, richtig?", fragt sie keck.

„Äh also, ja … ja!", gibt er von sich und bestelle einen Kaffee, hoffend, dass die Bedienung das nicht alles verstanden hat.

„Ich nehme kein Geld dafür. Das sage ich immer nur, damit nicht so viele Spinner kommen." Sie kichert wieder. „Okay", sagt er. „Also zum Spaß. Sie mögen also…", er sieht sie fragend an.

„Die Füße geschlagen zu bekommen. Unten drauf, aber manchmal auch oben", kichert es hell.

„Gut", erklärt er. „Das klingt nett." Er sieht automatisch zu ihren Füßen hin. Die Frau trägt ein kurzes Sommerkleid, hat nackte, ziemlich dünne Beine und schlanke, kleine Füße mit Perlmutt-lackierten Fußnägeln, die sie in den offenen, flachen Sandalen zeigt.

„Es ist eine religiöse Sache. Ich gehöre in Taiwan dem ***irgendwas***- Kult an", sagt sie, wobei er das ***irgendwas*** nicht richtig verstanden hat. Irgendwas mit Mengele-di-Dajau glaubt er, mit dem J wie das englische G gesprochen. Kabeljau wird es ja nicht gewesen sein.

„Mengele?", fragt Thomas entgeistert.

„Nein, Menglie-e", oder so etwas antwortet sie.

„Okay", antwortet er gedehnt.

„Und da sagt uns der Meister, wir sollen möglichst viele Leute kennenlernen…", sie nimmt einen Fuß aus der Sandale und lässt ihn herumzappeln, jetzt mit übereinandergeschlagenen Beinen. Was sehr sexy aussieht, wie er findet.

„…um…", versucht er ihr beim Zuendebringen des Satzes zu helfen.

„Richtig", kichert sie. „…um die Füße bestraft zu bekommen. Am besten mit dem Rohrstock." Wieder Kichern und sie wird ein bisschen rot. Sie ist so süß und wirkt so naiv, dass ihm das Herz aufgeht.

„Darf ich fragen wieso? Ich meine, ich habe nichts dagegen", versichert er ihr.

„Weil… sehen Sie, der Meister hatte vor dreißig Jahren sein religiöses Erwachen…"

„Sowas kenne ich", unterbricht er sie.

„Echt?"

„Na ja", gibt er von sich. „Wenn man mit Freunden weggeht und …" Er bremst sich selbst, wollte eben auf ein Trinkgelage zu sprechen kommen, aber irgendwelche Halluzinationen von Stimmen, die man volltrunken beim Nachhause gehen hört, sind jetzt wohl nicht passend.

„Na ja, meins war eher kurzzeitig. Ich habe nicht verstanden, was Jesus gesagt hat. Oder wer immer das war."

„Ah so", sagt sie und guckt verstört aus der Wäsche. Er ermahnt sich, nicht zu viel Unsinn zu reden, sondern konzentriert sich lieber auf den Fuß.

„Also, er hat sich an dem Tag den Fuß gebrochen und ist fünfmal gestolpert und dann waren die Stiefel zu klein und…"
„Autsch!", unterbricht er sie.
„Na ja, ihr *Waiguoren* versteht das sowieso nicht."
„Wir Ausländer", stellt er fest, weil er das chinesische Wort für Ausländer kennt. In Taiwan spricht man ja Chinesisch. Er beschließt jedoch, nicht darauf herumzureiten, dass er in Deutschland kein Ausländer ist.

„Okay", versucht er ein Resümee. „Sie sollen also die Füße bestraft bekommen."

„Ja", lacht sie und wackelt mit dem Fuß. „Dies böse kleine Ding."
Er starrt auf den niedlichen Fuß. „Wir können das schaffen", erklärt er ernsthaft. „Ihn gründlich zu bestrafen. Darf ich ihn dabei auch anfassen oder nur schlagen?"
Sie sieht ihn mit großen Augen an. „Natürlich auch anfassen. Ein bisschen küssen zwischendurch schadet ihm auch nicht, wenn es ihm doch so weh tut." Sie sieht ihn ernsthaft an und nickt. „Bitte", sagt sie und sieht auf ihren Fuß. Ihr Fuß reibt an seinem Hosenbein und er merkt eine beginnende Erektion. Er greift vorsichtig nach dem Fuß und streichelt die zarte Unterseite. Seine Erektion wird etwas härter.
„Schlagen geht aber nicht hier", kichert sie.
„Nur den einen bestrafen oder beide?"

Ihre Augen werden kindlich groß. „Beide", sagt sie. „Beide!", wiederholt sie noch ernster. „Beide!", folgt mit richtig tiefem Tonfall.

Zuhause bei ihm trägt Lin selbst einen kleinen Seesack herein, in dem es hölzern klappert. „Alles Schlaginstrumente", kichert sie und wird rot. „Gut", sagt er.

Sie streift sich ihr Kleid ab. Sie ist schlank und hübsch. Vielleicht ein bisschen knochig. Deutlich sieht man ihre Rippen. „Wir dürfen nicht viel essen bei meinem Orden", sagt sie und kichert wieder.

„Du bist hübsch", haucht Thomas ganz ergriffen. Sie steht nackt bis auf einen Minislip vor ihm. Sie ist rasiert, denn sonst würde man etwas sehen neben dem Minislip. Sieh dreht sich um und greift nach der Tasche. Er sieht ihre nackten Pobacken, die Striemen haben. Sie wühlt herum und holt einen Rohrstock raus. Lässt ihn durch die Luft sausen.

„Der hier ist gut. Ich ziehe aber den Slip nicht aus. Ich will nur die Füße bestraft haben."

Er nickt. „Und den Po?"

„Nein", sagt sie mit einer Spur Ärger im Tonfall. „Nur die Füße. Aber beide", gibt sie nickend von sich. „Ich lege mich da am besten auf das Sofa, die Füße draufgelegt, dann kannst du sie schlagen." Sein Hosenstall wird bald gesprengt, als er „ja sicher" sagt.

Sie liegt in Positur. So niedlich liegen ihre nackten, kleinen Fußsohlen nebeneinander. Er streichelt ihre Füße. „Ja mach nur, sie werden ja gleich genug Probleme bekommen", kichert sie. Er beugt sich runter, küsst ihre Fußsohlen. Alles ist perfekt und weich wie bei einem Baby. Er lutscht an ihren Zehen.

„Ja", schnurrt sie, „das haben sie gerne, die beiden." Er leckt noch eine Weile herum und küsst wieder beide Füße, oben und unten, da hält sie ihm ein Seil hin.

„Fessele die Füße bitte an den Fußgelenken, sonst springen die so wild herum, wenn es ihnen weh tut." Er nickt und merkt, dass nicht mehr viel zu einer allzu großen Erregung da in der Hose fehlt, wenn er nicht aufpasst. Er fesselt ihre Füße gekonnt. Fest, aber nicht zu fest umwickelt er sie und zieht das Seil ein paarmal in der Mitte durch. Danach zieht er es fest.

„Du kannst das gut", stellt sie fest. Dann stemmt sie sich ein bisschen hoch mit den Händen, wirkt angespannt und sagt: „Bitte jetzt schlagen. Mittelfest."

Nun ist er die Schlagerei gewohnt. Er lässt den Rohrstock einmal durch die Luft sausen und ihr entfleucht schon ein „au!", da hält er mit links ihre gefesselten Fußgelenke fest und lässt dann mit rechts den Rohrstock ziemlich fest auf den etwas gepolsterten Bereich der Füße unterhalb der Zehen klatschen. „Ja gut!", stößt sie mehr wie einen Schrei hervor. „Das geschieht denen Recht, den beiden." Sie hat Tränen in den Augen. „War das zu fest?", fragt er in Anbetracht der Tränen.

„Nein, nein", lacht sie sogar. „Danke für den Schlag, Herr. Bitte den nächsten."

„Herr? Klingt gut", entfährt es ihm und er lässt einen weiteren, leicht härteren Schlag folgen.

„Au...au...au ja!", ist die Antwort, ihre Augen sind weit aufgerissen und der Mund steht offen, ihre Zunge fuhrwerkt wild herum. „Danke für den Schlag, Herr. Bitte den nächsten." Er schlägt sie noch einmal so hart und merkt, wie ihre Füße, die er diesmal nicht gehalten hat, wild in der Luft herumtanzen. Hoch von der Sofalehne und wieder runter und wieder hoch. Ihre Zehen krümmen sich und drei rote Striemen sieht man auf den Füßen. „Das ist die beste Stelle", sagt sie. „Die Fußballen." Sie kramt wieder in ihrer Tasche herum. „Das hat den beiden Bösen richtig weh getan. Binde sie doch an den Sofabeinen fest." Sie kichert. „Die Füße an die Beine binden, lustig." Er nimmt das Seil hin, verbindet es mit der Fußgelenkfesselung und bald darauf geht davon ein Seil links und rechts an die Sofabeine. Danach küsst er die roten Fußballen und leckt an den Zehen.

„Oh ja", gurrt sie. „Du verwöhnst die beiden. Wenn du das so machst, wollen sie das täglich!"

„Na", schmunzelt er laut. „Das wäre mir ganz angenehm."

Sie sieht ihn an und nickt. „Aber jetzt nicht faul, den nächsten Schlag bitte. Oder mach gleich mehrere, sie müssen jetzt richtig bestraft werden."

Er stellt fest, dass sein exotischer Gast anfängt, mit dem bis auf den Faden zwischen den Pobacken nackten Hintern rhythmische Bewegungen zu machen und ihn erwartungsvoll ansieht. Er gibt ihr drei Schläge in schneller Abfolge, so schnell, dass sie nicht zum Schrien oder Stöhnen dazwischenkommt, sondern mit weit aufgerissenen Augen und weit offenstehendem Mund dasitzt. Nach dem dritten Schlag gibt sie ein kehliges, langes Stöhnen von sich. Mit der rechten Faust in ihrem Mund, schafft sie es mit der linken Hand in der Tasche herumzuwühlen und ihm einen roten Gummiknebel zu reichen. Der rote Gummiball hat zwei schwarze Riemen befestigt, um ihn im Nacken zu befestigen. „Ich werde zu laut. Schuld sind nur die beiden", erklärt sie und funkelt ihre gefesselten Füße wütend an. Er nickt und nimmt den Knebel. Er ist sehr groß, aber er denkt, dass er hinter ihre Zähne passen wird. „Weit auf den Mund", fordert er in gewohnt hartem Tonfall, so wie er das bei Lulu auch gemacht hat. Sie nickt und gehorcht. Dann muss er tatsächlich kräftig drücken, während sie den Mund noch weiter aufreißt und ihre Augen bald aus den Höhlen kommen. Doch am Ende sitzt der Knebel tief drin und er macht den Riemen richtig eng. Sie sieht ihn wissend an und nickt. Da hat sie erkannt, dass er so etwas schon mal gemacht hat.

Dann schlägt er sie wieder und wieder. Sie jammert und spuckt reichlich Speichel am Knebel vorbei. Nach zwölf Schlägen fällt ihm ein, mal wieder auf etwas anderes als das hübsche, verweinte und verrotzte Gesicht und die rot gestriemten Füße gucken zu müssen. Denn sie fuchtelt mit den Händen in der Luft herum. Rotz läuft ihr sogar aus der Nase.

„Sorry", sagt er. „Ich bin ein bisschen in der Sache aufgegangen." Er sieht sie ernst an. „Die beiden hatten wirklich Strafe verdient." Sie nickt und sucht wohl nach einem Taschentuch. Er gibt ihr eine ganze Packung und sie schnäuzt und wischt eine Weile herum, den Knebel jetzt draußen. „Ja, das hat den beiden wirklich weh getan." Sie sieht ihn irgendwie unterwürfig an, dass ihm ganz warm ums Herz wird.

„Aber sie haben das wirklich verdient." Sie sieht traurig zu Boden. „War es doch zu viel?", fragt er und nimmt ihre Hand. „Nein", sagt sie und lächelt mit Tränen in den Augen. „Aber jetzt ist es wieder passiert. Mein Po will jetzt auch geschlagen werden." Er seufzt. „Ich denke, dann bleibt uns nichts anderes übrig als nachzugeben, oder?" Er küsst ihren Oberschenkel. „Ja die wollen auch manchmal, und nicht nur mit der flachen Hand", lacht sie.

Er zieht sie vom Sofa hoch, den Rohrstock in der Hand. „Wir wollen den Po nicht warten lassen, sagt er. Sie nickt ergeben. „Ja, wenn der auch noch will." Er fängt an, ihre Pobacken zu kneten und zu küssen.

„Oh", stöhnt sie. „Jetzt schnell. Und die Muschi will auch was." Er nimmt schnell den Rohrstock und gibt ihr in schneller Abfolge vier harte Schläge, da ihr Hintern offensichtlich so einiges gewohnt ist. Er hält ihren Oberkörper mit der Linken auf das Sofa gedrückt, während er die Schläge ausführt.

Sie ist verblüfft, als er sie danach umdreht. Er bringt sie dazu, ihre Beine mit den immer noch aneinander gefesselten Fußgelenken anzuziehen. Er überkreuzt sie, was trotz der Fesseln möglich ist, und drängt ihre gekreuzten Füße weiter Richtung Kopf. Mit angezogenen Beinen, die Knie weit auseinander und ihm die nackten, übereinander gelegten Fußsohlen präsentierend, hat sie sich ihm geöffnet wie eine Blume. Nur das bisschen Minislip bedeckt ihre Muschi. Er sieht schon, wie sie leicht angeschwollen ist und das kleine schwarze Stoffdreieck nicht mehr trocken ist. „Oh!", protestiert sie, hält sich aber mit ihren Händen am Sofa fest und lässt die Beine, wo sie sind. Er beugt sich runter und küsst das nasse Dreieck des Minislips. Spürt ihre warme, pulsierende Muschi darunter. „Oh nein", schluchzt sie. „Die will jetzt auch." Er fasst das Höschen an und schiebt es leicht zur Seite. Sieht sie fragend an. Sie nickt unter Tränen. Dann schiebt er es ganz an die Seite und gibt ihr einen langen Kuss darauf. Seine Zunge dringt in ihre Feuchte ein.

„Oh!", gurrt sie langgezogen. „Bitte mit der Hand!" Er zielt so, dass er ihr mit den drei mittigen Fingern gezielt ein paar Schläge auf ihre Weiblichkeit gibt. Ihr kommen fast die Augen aus dem Kopf und sie sieht ihn mit ungläubigem Gesichtsausdruck an. „Ja! Das will sie manchmal. Obwohl es so weh tut und sich auch so komisch anfühlt!" Sie krallt sich in den Sofastoff. Ihre Zehen krümmen sich. Er küsst ihre nackten Fußsohlen und holt sein Glied heraus.

„Ja, es muss wohl sein", seufzt sie und lässt sich zurückfallen aufs Sofa. Dann ist er drinnen in der feuchten Wärme mit seinem Glied und stößt sie. „Ja!", gurrt sie. „Hau das Ding von innen, gib's ihr. Die ist die Schlimmste." Er stellt fest, dass er schneller zum Orgasmus kommt, als ihm lieb ist.

Er wird schließlich wach und sieht sie neben sich liegen. Den roten Gummiknebel trägt sie wie einen modernen Schmuck um den Hals. Sie grinst und küsst ihn, als er sie verschlafen anblinzelt. „Danke. Das war sehr schön und hat die bösen Füße richtig gut bestraft." Er nickt nur müde. „Sehr gut."

Da klingelt das Telefon. Er steht auf und geht verschlafen ran. „Zeit für eine Dusche", murmelt er, als er auf die grüne Taste drückt. Er sieht, dass Lin unterdessen an ihren Füßen herumtatscht. Wohl die Striemen abtastet.

„Oh… das … verstehe", murmelt er in das Telefon und noch einiges mehr. Nach einiger Zeit legt er betreten auf.

„Das wird kompliziert", murmelt er.

"Was ist denn?", fragt Lin neugierig. Er seufzt.

„Nun, es ist eine Freundin, könnte man sagen. Sie ist schwer auf dem SM-Trip, also hart drauf und…"

„Dominant oder devot?", fragt Lin dazwischen.

„Devot, sehr devot. Extrem devot."

„Das ist immer gut für euch Männer", kichert Lin dazwischen. „Genau wie ich." Sie sieht auf ihre Füße. „Besonders da unten." Thomas muss an der Stelle lachen. „Genau. Jedenfalls…", erzählt er weiter. „Diese Lulu, wie sie sich nennt, sie wollte meine… Sklavin sein, und…"

„Aha!", unterbricht Lin wieder. Diesmal mit erhobenem Zeigefinger. „Also haben ihre Körperteile auch so Probleme wie meine."

„Mindestens", gesteht er zu. „Jedenfalls waren wir einen einzigen Abend zusammen und als ich sie bearbeitet habe, da kreuzte diese Freundin von ihr auf, die sie an mich vermittelt hatte."

„Und wollte auch das Popöchen vollgehauen haben?", fragt Lin in ziemlich merkwürdigem Deutsch dazwischen.

„Nein", sagte er. „Diese Susanne, eine Kollegin von mir, hat plötzlich ihre dominante Seite entdeckt und …"

„Und hat dir die Sklavin Lulu *ausgespahnt*, oder?", fragt Lin, und spricht das Wort „ausgespannt" falsch aus.

„Richtig. Ausgespannt hat sie mir Lulu. Und jetzt ruft Lulu an und sagt, ich soll schnell kommen, mit Susanne sei etwas passiert."

Lin kichert. „Hat sie einen Herzinfarkt beim Durchprügeln von der andern bekommen? Strengt ja an, so was."

Thomas schüttelt den Kopf. „Nein. Es ist nichts Medizinisches. Ich habe vorsichtshalber auch danach gefragt."

„Dann lass uns hinfahren. Ich bin immer an so etwas interessiert."

„Nicht, dass diese Susanne dich mir auch noch ausspannt." Da kommt Lin lächelnd auf ihn zu. Geht fließend vor ihm auf die Knie und küsst seine Füße. „Ich gehöre euch, Master."

Thomas bückt sich, stellt sie wieder hin und küsst sie. „Das will ich schwer hoffen, Sklavin."

Er klingelt an der Tür von Lulus Haus. Lin steht hinter ihm, sie trägt jetzt eine extrem kurze Jeans-Hotpants, die sie aus ihrer Tasche hervorgezaubert hat und eine dünne Bluse, die so durchsichtig ist, dass man ihre BH-freien Brüste erkennen kann. Ihre Sandaletten knallen auf den Treppenstufen, als sie Thomas hinterherkommt. Als die Tür aufgeht, sieht Thomas Lulu. Sie trägt einen durchsichtigen, schwarzen Morgenmantel und Strümpfe und Strapse darunter, einen Push-Up-BH and einen durchsichtigen Slip. Ihre Glatze glänzt in der Sonne, mit der Tattoo-Beschriftung FUCK TOY klar erkennbar.

„Oh, du hast ja keine Haare!", ruft Lin, als sie Lulu das erste Mal sieht. Thomas schließt kurz die Augen, so peinlich ist ihm das. „Ja Herrin", entgegnet Lulu nur, die Lin mit großen Augen angesehen hat. „Ich trage für meine Herrin oder meinen Herrn gerne die Perücke, die mir befohlen wird." Thomas fürchtet schon, dass Lin laut loslacht, doch sie nickt nur ernsthaft. „Das macht Sinn", sagt sie.

„Kommt doch herein", lädt Lulu die beiden ein und sie folgen ihr ins Haus. „Ich bin übrigens auch eine Sklavin", entgegnet Lin im Vorbeigehen, als Lulu die Tür schließt. „Oh", gibt die Glatzköpfige da nur von sich.

„Allerdings meistens nur Fußsklavin, aber manchmal will die Muschi dann auch - und der Po."

„Ich…verstehe", entgegnet Lulu langsam, die mich erstaunt ansieht.

„Herr, du hast schnell eine neue Sklavin gefunden", fügt sie hinzu.

Thomas grinst. „Kann man nie genug von haben." „Eine Fußsklavin hat er zumindest gefunden", wirft Lin ein und macht eine abwägende Handbewegung.

„Also, was ist nun passiert?", fragt er Lulu.

„Kommt mit und seht es euch an", erklärt sie kurzerhand. Sie geht zum sogenannten Folterzimmer und öffnet die Tür. Thomas und die zwei Frauen treten ein. „Ui", gibt Lin nur von sich. „Das ist wirklich eine komplett eingerichtete Folterkammer." In ihren Augen liest Thomas etwas, das eine Mischung aus Furcht und Geilheit zu sein scheint.

"Ist das da eine Streckbank?", fragt sie.

„Nein, das ist zum Wäschebügeln. Lulu bügelt nicht, sondern spannt die Hemden auf die Streckbank."

„Ach so", gibt Lin ernsthaft von sich und er schüttelt den Kopf, weil sie seine Bemerkung ernst nimmt.

„Was ist nun das Problem?", fragt Thomas ehrlich interessiert. „Na das hier", sagt Lulu und zeigt auf den Boden hinter einem Prügelbock. Er glaubt ein „Mpf" zu hören und geht um den Bock herum.

„Oh Fuck", gibt Thomas von sich, als er die Misere sieht. „Eine Pfütze? Ein undichtes Dach?" Lins Gesicht verrät kindliche Neugier. „Sowas hatten wir mal im Tempel und…", beginnt sie, doch Thomas unterbricht sie sofort.

„Nein!" Thomas' Stimme klingt ernsthaft. „Eine gefesselte Möchtegern-Domina" haben wir hier.

„Das ist schon dialektisch", kommentiert Lin und fasst sich an die Unterlippe, als ob sie darüber nachdenken würde.
„Was für ein Ding?", fragt Lulu.
„Nie einen Marxismuskurs in der Schule gehabt, oder?" Thomas sieht sie streng an, feixt aber dabei. „Ich bin ja erstaunt, dass Lin das kennt. Also, der philosophische Hintergrund des Marxismus ist der Materialismus und…"

„Mmpf!", gibt die gefesselte Susanne von sich, die immer noch gefesselt und geknebelt am Boden hockt.

„Sie wollte es nicht anders. Hat mich damit genervt, dass von jetzt an nur noch wir beide zusammen sind, sie und ich", erklärt Lulu.
Welche zwei sollen zusammen sein?", fragt Lulu verwirrt. „Lulu sieht Thomas entgeistert an, wirft einen Seitenblick auf Lin und macht eine Schraubenbewegung mit dem Zeigefinger an ihrem Kopf. Thomas nickt und kniet sich neben Susanne. Sie ist jetzt nackt, trägt allerdings halterlose schwarze Strümpfe an ihren langen, wohlgeformten Beinen, was geil aussieht, wie er

konstatiert. Susanne hat die Hände hinter dem Rücken über Kreuz gefesselt und Seile mehrfach um den Oberkörper gewunden, so dass ihre Brüste von oben und unten herausgepresst werden. Fachkundig ist auch noch ein Seil zwischen den Brüsten gespannt und das Seil oben und unten ist links und rechts neben den Brüsten zusammengebunden. Dadurch werden ihre Brüste richtiggehend in die Zange genommen und stehen prall hervor. Ihre Füße und die Beine über und unter den Knien sind aneinandergefesselt, was zu dem schwarzen Nylonstrumpf sehr hübsch aussieht, wie er findet. Auch ihre Fußsohlen so präsentiert zu bekommen, findet er sehr ansehnlich. Susanne findet es allerdings weniger gut, denn sie funkelt ihn böse an. Am Sprechen hindert sie allerdings ein riesiger Gummiknebel, der kaum in ihrem Mund Platz findet und ihre Augen stark hervorquellen lässt. Ihre roten Lippen und weißen Zähne passen herrlich zum Knebel, in dem sie schon Bissspuren hinterlassen hat, wie er feststellt.

Thomas fasst ihre bestrumpften Beine an. „Baby, was ist los? Was ist passiert? Bist du jetzt devot veranlagt?"

Susanne funkelt ihn wütend an und gibt eine solche Triade von „mpf"-Lauten von sich, dass es eine wichtige Rede sein muss, wie er sich sicher ist.

„Tut mir leid, ich verstehe dich nicht", entgegnet er ruhig und scheinbar wirklich interessiert. „Was ist denn los, hast du Bondage mit Lulu gespielt? Oder Räuber und Indianer?"

„Amerikanische Ureinwohner soll man die jetzt nennen", piepst Lin von hinten dazwischen und er holt tief Luft, ignoriert es aber einfach.

Susanne schüttelt jetzt den Kopf.

„Wieso bist du dann gefesselt?"

Doch es ist Lulu, die antwortet. „Ich habe ihr Chloroform vor die Nase gehalten und sie gefesselt. Als sie aufgewacht ist, musste ich sie knebeln vor lauter Gemecker."

Thomas nickt ernsthaft. „Das kenne ich. Sie ist ja im Consulting. Da redet sie immer besonders viel in der Firma." Die Gefesselte starrt ihn wütend an.

Thomas holt tief Luft, versucht, es zusammenzufassen. „Also, Lulu, du hast sie chloroformiert, was nebenbei bemerkt sehr gefährlich ist, und sie dann gefesselt. Weil sie gesagt hat, dass du mich in Zukunft aus euerer neuen Zweierbeziehung rauslassen sollst, richtig?"

Lulu nickt eifrig. „Genau Master", gibt sie von sich. „Master of Desaster", murmelt Thomas. „Okay, und das heißt, dass du mich in der Beziehung willst. Immer noch willst?" Susanne zappelt in ihren Fesseln und sieht Thomas groß an. Sie wackelt so mit ihren hübsch bestrumpften, gefesselten Füßen und den gefesselten Händen, dass es offensichtlich ist, dass sie befreit werden will. Worauf man ohnehin kommen könnte, wenn man eine „mpf"-Laute ausstoßende, gefesselte Frau vor sich hat, wie Thomas vor sich selbst zugeben muss.

„Es tut mir leid, Susanne, so verstehe ich dich nicht. Sprich bitte deutlich." Die sieht ihn nun vollständig gefrustet mit großen Augen an.

„Sklavin, gab es keine andere Möglichkeit, als sie zu chloroformieren und zu fesseln?", wendet sich Thomas and die glatzköpfige Lulu, die mit rotem Kopf danebensteht. Doch an ihrer Stelle antwortet Lin. „Mit dem Gummihammer ausknocken und danach fesseln vielleicht?"

Thomas muss glucksen, sagt aber nichts.

"Ich will jetzt nicht erwähnen, dass man eigentlich mit Worten...", beginnt Thomas gerade, da unterbricht ihn Lulu. „Master, ihr gefällt es aber. Vorhin jedenfalls."

„Jetzt sieht sie ehr nicht so aus", gibt Thomas zu bedenken. „Ich zeige es dir, Master." Doch Thomas hält sie fest. „Sag einfach Herr zu mir, nicht Master. Diese Anglizismen sind furchtbar." Lulu nickt. „Verzeihung Herr. Jedenfalls hat sie das vorhin sehr gemocht. Schau her!"

Lulu geht zu Susanne und streichelt ihre nackten Brüste, so dass die Nippel erstaunlich hart vorstehen. Susanne hat einen völlig roten Kopf und schüttelt ihn.

„So sehe ich nicht aus, wenn mir etwas gefällt", kommentiert Lin. „Aber mir wird heiß von dem ganzen Master und Herr-Gerede, gefesselten Sklavinnen oder was auch immer die da ist und dem ganzen Zeug. Darf ich mich freimachen?" Lulu sieht sie stirnrunzelnd an, doch Lin ist schon dabei, sich auszuziehen. „In einer solchen Folterkammer angezogen zu bleiben, wäre ein Verbrechen", piepst sie grinsend vor sich hin. Thomas ist hin und hergerissen, wo er hinsehen soll. Einerseits fängt jetzt Lulu an, mit den Fingern an Susannes hart hervorstehenden Brustwarzen zu spielen und sie zwischen Daumen und Zeigefinger einzuquetschen, was Susanne das Gesicht verziehen lässt. Und andererseits zieht sich Lin gerade den Tangaslip aus und zieht ihn sich spielerisch über den Kopf, wozu sie kichert. Aber er sieht, dass es Susanne wirklich gefällt. Sie atmet immer schwerer und beginnt, ihren Unterkörper zu bewegen. Soweit es die Fesseln zulassen.

„Das gefällt dir, Baby, was?" säuselt Lulu. Und Thomas kratzt sich am Kopf. Er schüttelt den Kopf und nimmt Susanne kurzerhand den Knebel raus, auch wenn ihn Lulu etwas ärgerlich ansieht.

„Susanne, gefällt dir das? Willst du Lulus Sklavin sein?" Die Gefesselte sieht ihn entsetzt an, doch Lulus Hand verschwindet jetzt auch zwischen den Oberschenkeln Susannes. Seine Kollegin vom Consulting ist jetzt ein hübscher Anblick, wie er findet. Die langen, gefesselten Beine, die hübschen Fußsohlen eng beieinander. Die Hand Lulus zwischen ihren nackten Beinen über den Strumpfkanten und die Brüste herausgepresst, die Nippel sich zwischen Lulus Fingern hervorkämpfend.

„Ja, ja, ich bin eure Sklavin, macht mit mir, was ihr wollt", gurrt Susanne schweratmend und sieht dabei abwechselnd Lulu und Thomas an. „Ihr wollt mich doch, oder?"

Thomas streichelt ihre Füße, spielt mit ihren Zehen unter dem Strumpfhosenstoff. „Wer würde so ein hübsch verschnürtes Paket nicht annehmen?", antwortet er.

„Oh ja, ich bin dein Paket. Dein verschnürtes Paket", stöhnt Suanne. Lin kichert. „An der ist eine Postbotin verloren gegangen." Thomas sieht sich um. „Also habe ich jetzt drei Sklavinnen, die es nötig haben?" Doch Lulu sieht ihn stirnrunzelnd an. „Ich switche heute mal, Herr. Mit deiner Erlaubnis." *Switchen* wie die Seite des dominant/devoten Spiels wechseln. „Natürlich Schatz" erklärt er. Doch Lin hat es längst kapiert und reicht Lulu einen Flogger, eine Peitsche mit zahlreichen Lederschnüren. Thomas gibt sie einen Rohrstock.

„Ich brauche es jetzt wirklich nötig. Beim Anblick der vielen Geräte wird mir schon ganz schwummrig."

Thomas sieht sich am Kopf kratzend um. Es sind einfach zu viele Geräte da. „Dieser kleine Pranger da, der ist glaube ich für Hände und Füße, oder?", fragt Lin. Er findet nicht sofort, was sie meint, und beobachtet unterdessen Lulu und Susanne. Lulu dreht Susanne um, so dass sie auf dem Bauch liegt. Sie löst ihr die Fußfesseln, aber nur um die Fußgelenke über Kreuz wieder zu verbinden. Lulu hält ihr die Füße hoch und lässt ihren Flogger mit dem harten Griff einmal auf die in den schwarzen Nylons steckenden Füße Susannes sausen, sie sich lautstark beschwert.

„Still Sklavin, oder du kriegst den Knebel wieder rein", droht Lulu und man hört von Susanne nur noch ein leises Wimmern. Schnell wird Thomas klar, dass Lulu Susanne in einem Hogtie fesseln will, wo ein Seil von den hochgeklappten Fußgelenken zu den auf den Rücken gefesselten Armen geht. Von dort drunter durch läuft und dann am Hals befestigt ist. Als Lulu das Seil eng um Susannes Hals windet, befiehlt sie ihr streng, „Kreuz durchdrücken" und stellt die Gefesselte somit noch mehr unter Spannung. Susanne ächzt, als Lulu sie loslässt und kichert. Susanne sieht Lulu mit fast herausquellenden Augen an, als sie sich in dieser Fesselung selbst würgt.

Warum, ist schnell erklärt. Wenn Susanne ihre Beine wieder langmachen will, um der Anstrengung des Hochklappens zu entgehen, zieht sie am Seil, das unter den gefesselten Armen kaum abgebremst wird und an ihrem Hals zerrt. So nimmt sie ihren Kopf automatisch hoch, was sie zum Krümmen des Rückens zwingt. Mit Glubschaugen und sich öffnendem Mund starrt Susanne zusehends ins Nichts, als sie sich in einer ständigen Wippbewegung wiederfindet, die dieser Zwang auslöst. Sie keucht und ihre Zunge kommt aus dem Mund hervor.

„Na Susi, willst du mir immer noch vorschreiben, wer mein Herr ist? Oder lieber nicht mehr?", stößt Lulu hervor. Thomas schüttelt den Kopf. Soll er eingreifen? Das geht möglicherweise zu weit, auch wenn manche solche Spiele und solche Bondage ja mögen.

„Dieses Brett hier!", erklärt unterdessen Lin, doch Thomas bekommt es nicht mit, weil er gebannt auf die nackte, gefesselte Susanne starrt, die so herrlich hilflos ist und in ihren schwarzen Nylons einfach hinreißend aussieht, die Füße niedlich in der Luft und vor und zurück wippend. Auch wenn er sich wirklich Sorgen macht, dass da noch alles im Rahmen bleibt.

Lulu hat sich unterdessen die luftige Bekleidung hochgeschoben und hockt sich vor Susanne hin. Sie nimmt den Kopf der am Boden gefesselten und drückt ihn zwischen ihre Beine. „Leck Sklavin!", donnert es ungewohnt dominant von Lulu. Thomas sieht erstaunt zu, als Susanne nur ein „Ja, Herrin" von sich gibt und anfängt, Lulu zwischen den Beinen zu lecken. Man hört es deutlich schmatzen. Was für ein Unterschied, denkt er. Lulu als Herrin, nicht mehr als Sklavin. Und offensichtlich ist jetzt alles unter Kontrolle, denn so unterstützt ist der Hals von Susanne entlastet.

„Thomas, hier spielt die Musik. Die, die hoffentlich gleich als Gejammere aus meinem Mund kommt", gibt Lin von sich, die sich demonstrativ vor ihn stellt. Sie macht dabei einen kecken Knicks. „Spann mich in dieses Brett hier ein. Ich gehe auf alle Viere auf das Bett-Ding da, das quadratische…", beginnt sie. „Ottoman", klärt sie Thomas auf.

„Was?", fragt die Asiatin entgeistert. „Dein Freund Otto kommt auch noch?"

Thomas seufzt. „Nein, das Bett-Ding da. Man nennt es einen Ottoman."

Lin fuchtelt mit der Hand in der Luft herum. „Lass das mit dem Otto, Mann!", quengelt sie und er runzelt die Stirn. „Meine Füße… oder eigentlich meine Fußgelenke… kommen hier…. durch die großen Löcher in der Mitte. Dann liegen die sündigen Dinger schön beieinander und du kannst sie so richtig durchprügeln. Da können sie nicht wegzucken. Meine Handgelenke kommen in die äußeren Löcher. Dass ich so richtig hilflos bin." Sie überlegt. „Meinen Po und meine Muschi präsentiere ich dir so auch. Aber die können ja auch was abbekommen." Sie sieht Thomas fragend an. „Kommst du nun? Lass die beiden da machen. „Ich will dieser Susanne zeigen, was eine richtige Sklavin ist. Ich habe ja nicht nur Füße dafür", sie kichert. Thomas strahlt und kann sich vom Anblick der nackt und bestrumpften Susanne losreißen. „Na das klingt ja mal gut." Er nimmt das prangerartige Brett entgegen. Als Lin die Position auf dem Bett eingenommen hat, legt er das Brett hinter sie und klappt es auf, so dass die obere Hälfte hochklappt am eingebauten Scharnier. „Streck die Hände zu mir", kommandiert er und sie geht runter, den Kopf auf die Ottoman-Oberfläche gelegt und die Handgelenke brav neben den Fußgelenken. „Das ist mein Mädchen", gibt er von sich und verpasst ihr einen leichten Schlag auf die linke Pobacke. „So ist es gut, Sklavin". Dann legt er ihre Fuß- und Handgelenke in die Aussparungen der unteren Hälfte des Prangerbretts und klappt es zu. Ein Schieberiegel hält es zu. Probeweise rüttelt er daran und tritt zurück. Lin ist ein herrlicher Anblick, stellt er fest. Die jetzt völlig nackte, schlanke Asiatin streckt ihm so ihren Hintern entgegen, der ihr höchstes Körperteil darstellt. Ihre rasierte

Pflaume ist deutlich erkennbar. Erregend auch der Anblick ihrer ohnehin schon rot gestriemten Fußsohlen, die sie ihm entgegenstreckt und die zwischen den Händen, die außen sind, im Prangerbrett stecken.

„Ups, jetzt bin ich ganz hilflos", gibt sie von sich. „Allerdings", gurrt Thomas und küsst erst ihre linke, dann ihre rechte nackte Pobacke. Er streicht zärtlich über ihren Hintern. „Und dich, liebe Lin, will ich entweder ganz als Sklavin oder gar nicht. Deine Einschränkungen… die musst du dir abgewöhnen. Das hier steht mir alles zur Verfügung, nicht nur die Füße, verstanden?" Schlucken ist von vorne zu hören und die nackten Füße wackeln in dem Prangerbrett herum.

„Ja Herr, sicher Herr. Aber meine Füße brauchen es!" Er küsst ihre nackten Fußsohlen, leckt sogar zärtlich. „Ui", ist von Lins vorderem Ende zu hören.

„Die werden auch weiterhin kriegen, was sie verdienen, deine kleinen Frauenfüße. Mach dich bereit." „Ja Herr", kommt es von vorn, begleitet von einem hohen Kichern. „Es ist auch okay, wenn es ganz doll wehtut."

Thomas klappst ihr mehrfach hart auf die rechte Pobacke. Lässt den Rohrstock ein paarmal durch die Luft sausen. „Das wird es, Lin, das wird es." Dann trifft der Rohrstock hart auf den linken Fußballen auf und die im Prangerbrett eingespannte Frau legt ihren Kopf in den Nacken und stößt einen zunächst lautlosen Schrei aus, der dann förmlich zu Wolfsgeheul wird. Er sieht sich nach Lulu und Susanne um und sieht, dass beide zu ihm rüber gucken. Was besonders witzig aussieht, weil Susannes Nase praktisch in Lulus Muschi steckt. Nur ihr linkes Auge sieht rüber und beide Frauen sind völlig erstarrt in ihrer Handlung. „Weiterschlecken!", fordert Lulu ein und lässt ihren Rohrstock auf die nur dünn mit Nylonstrumpf bekleideten Fußsohlen von Susanne sausen. Die heult laut auf, was aber vom Schoß ihrer Herrin Lulu gedämpft wird. Kurz darauf hört man Susanne weiterschlecken.

„Oh ja Herr, bitte mehr", bettelt Lin. Irgendwo zwischen Wimmern und Betteln. Thomas schlägt wieder zu, auf den anderen Fuß diesmal. Lin reagiert so, als sei sie sexuell erregt, wackelt mit dem Hintern und ihre Pussy pulsiert. „Ja gut", stöhnt sie langgezogen. Thomas küsst ihre nasse Pussy und spuckt aus, als er doch etwas zu viel Feuchte an seinen Lippen hat.

„So, dann nehmen wir mal deine Füße und deinen Hintern richtig ran!", gibt Thomas entschlossen von sich. „Ja Herr" tönt es unterwürfig von Lin. Der Rohrstock saust in schneller Folge auf beide Fußballen. Rechts, links, rechts, links und die Asiatin kommt erst gar nicht dazu, so schnell zu schreien. Als sie es doch tut, ist der Rohrstock schon dabei, auf ihren nackten Hintern herunterzurasen. Es klatscht laut vernehmlich und dann schreit sie, den Kopf so weit erhoben, wie es das Einspannen in das Prangerbrett zulässt. Ihr Geschrei ist so schauerlich, dass sogar Lulu und Susanne ihr Treiben unterbrechen und rüber sehen. „Thomas, Herr? Vielleicht etwas vorsichtiger?", erkundigt sich Lulu vorsichtig, die immer noch Susannes Gesicht an ihre Muschi drückt, was die den Kopf in Richtung des Geschreis drehende Susanne ihr rechtes Ohr an die Muschi Lulus legen lässt. Er geht herum zu Lins Kopf und hockt sich hin. Er sieht, dass die Asiatin den Kopf hängen lässt und schluchzt. Rotz und Schleim laufen ihr aus der Nase und sogar aus dem Mund.

„Bist du in Ordnung, Baby? War das zu viel? Mir sind wohl die Pferde durchgegangen."

Die zierliche Frau hustet und dreht ihm ihr Gesicht zu. Ihr Gesicht ist tränenverschmiert, doch sie lacht.

„Nein mein Herr. Das war ganz wunderbar. Aber ich glaube, ich brauche noch mehr." Sie sieht ihn verlegen unter Tränen an. Thomas überlegt eine Weile. „Gut", sagt er schließlich. „Dann bekommst du jetzt eine Pussypeitschung. Das wird das Beste sein." Lin sieht ihn entsetzt an. „Wenn..., wenn du meinst", stottert sie, halb als Frage.

„Vielleicht", beginnt er eine Überlegung, „kriegen wir so auch diesen unernsten Tonfall aus dir raus. Und erreichen etwas mehr Hingabe."

Sie sieht ihn wieder schluchzend an und schluckt deutlich hörbar. „Es wäre sicher gut, wenn ich mehr Hingabe habe", erklärt sie unterwürfig.

Es ist gut eine Viertelstunde später, sitzt Thomas auf dem großen Ottoman. Eine bequeme Sitzfläche. Lin ist ganz nah bei ihm. Sie ist stringent mit Seilen gefesselt, was eine ganze Zeit gedauert hat. Ihre Hände sind auf den Rücken gebunden und gesichert an Seilen, die über und unter den Brüste um ihren Oberkörper verlaufen. Kurze Seile, die beide Umläufe zusammenhalten, quetschen ihren kleinen Brüste wie in einer Klammer heraus. Ihre Fußgelenke sind über Kreuz zusammengebunden, so dass ihre Beine angezogen sind. Fast, als würde sie in einem Schneidersitz dasitzen. Ein Seil, mehrfach gesponnen, verläuft von ihren überkreuzten Fußgelenken zu ihrer Brustfesselung, so dass sie in ihrem Schneidersitz fixiert ist. Sie hat ein verweintes Gesicht und schluchzt. „Ist alles in Ordnung?", fragt er seine Sklavin und sie nickt. „Ja Herr", gibt sie von sich und schluchzt wieder. „Ich mag es", fügt sie hinzu.

Er nickt. „Du bist bei mir sicher, ich tue nichts, was du nicht willst", erklärt er zärtlich und sie nickt wieder.

„Dann machen wir noch mal weiter", sagt er leise und sie gibt einen Aufschrei von sich, als er sie noch hinten umkippt, so dass ihr Oberkörper schräg gegen seinen lehnt, ihre gefesselten Füße in der Luft sind und ihre Pobacken und die Muschi erreichbar werden über der Sitzfläche. Er nimmt wieder den Rohrstock, den er in der Hand hält. „Ich mache es nicht zu hart." Sie nickt wieder. Hat einen roten Kopf und zittert etwas. „Ich mag es ja", haucht sie. Dann findet das Ende des Rohrstocks vorsichtig ihre bereits rote und geschwollene Muschi und mit leicht dumpfem Geräusch trifft der Rohrstock auf. Lin heult und wirft den Kopf in den Nacken, ganz verheult und verrotzt. Und Thomas küsst sie, ekelt sich nicht vor ihren Körpersäften und sie küsst ihn leidenschaftlich zurück. Beide sind, so unwahrscheinlich es auf andere auch wirken mag, in diesem Augenblick eng vereint. Fühlen sich als eins. Wieder wimmert Lin unter dem sanft geführten Rohrstock, ihre kleinen, zarten Füße wackeln hilflos in der Luft herum und beide küssen sich. Was Susanne und Lulu in der Zeit treiben, wissen sie nicht mehr.

NACH EINER WOCHE

Thomas wird wach. Da liegt Lin nackt an ihn gekuschelt. *Moment*, denkt er, *hat sie noch die Hohen Absätze an?* Er nimmt die Bettdecke zur Seite. Und ja, sie liegt nackt in hohen Absätzen da. Schließlich hat sie entdeckt, dass man zarte Frauenfüße auch mit den recht unbequemen hochhackigen Schuhen bestrafen kann, wenn man so will. Er lässt sie schlafen und steht leise auf. Gähnend geht er runter vom ersten Obergeschoss in die Küche im Erdgeschoss und gießt sich ein Glas Cola ein, um irgendwie wach zu werden. Und um die Übelkeit zu vertreiben, denn gestern Abend haben sie doch noch einiges getrunken, bevor er ihren Hintern so richtig rangenommen hat. Was beim SM eigentlich nicht die beste Idee ist, muss er zugeben. Er sieht auf seine Armbanduhr. Die zeigt ihm an, dass es Montag ist. Sieben Uhr morgens. Er zuckt mit den Achseln. Er geht nach einiger Zeit wieder die Treppe hoch, um erst mal ins Bad zu gehen. Da kommt ihm eine verschlafende Lulu entgegen, die aus ihrem eigenen Schlafzimmer gekommen ist. Er grinst sie an.

„Na, wie war es mit dir und Suanne?"

Lulu kratzt sich ihre Glatze, auf der man erste dunkle Punkte eines beginnenden Haarwuchses erkennen kann. Sie trägt einen durchsichtigen Morgenmantel und sieht hinreißend aus, wie er findet.

„Ach Gott, ich habe mich auch gefragt, wo sie steckt, als ich eben wach geworden bin." Sie überlegt. „Mist, ich habe sie im Keller in den Käfig gesperrt." Thomas nickt. Was für ein eigenartiges Leben er jetzt führt, denkt er, dass so ein Satz völlig normal ist.

Plötzlich fasst sich Lulu an den Mund. Sie würgt und rennt Richtung Badezimmer. Hat auch zu viel getrunken. Halb genervt geht er erst einmal ins Gästebad im Erdgeschoss und macht sich frisch. Dann kann er es nicht lassen, die Kellertreppe herunterzugehen. Er steht im Kellerflur und betrachtet sich die zahlreichen Kellertüren, die rechts und links abgehen. Achselzuckend probiert er sie durch, bis er bei der dritten Tür Erfolg hat. Er steht in einem von Neonleuchten erleuchteten Kellerraum, in dem ein paar Käfige in verschiedenen Größen auf dem Boden stehen und ein eher großer Käfig an einer Stahlkette von der Decke baumelt. Lulus verstorbener Mann, oder was auch immer sie gesagt hatte, was ihr Master war, hat die Villa wirklich luxuriös ausstatten lassen. Stellt er wieder einmal fest.

In dem Kellerraum riecht es nach verbrauchter Luft, Parfum und nach Frau. Er sieht Susanne in einem nicht allzu großen Käfig schlafen, der auf einer schweren Werkbank steht. Sie hat sogar ein großes Kissen, das sie im Rücken hat, damit die Stahlstangen nicht ganz so drücken. Sie ist nackt bis auf schwarze Nylons und einen schwarzen Strapsgürtel und sieht einfach hinreißend aus. Allerdings schnarcht sie auch ein bisschen, liegt auf der Seite und ihr hinreißender und nicht grade kleiner Hintern drückt sich gegen die Stahlstäbe. Er bewundert ihre Fußsohlen in den Nylons. Wie die Linien des Strumpfstoffes dort verlaufen, findet er immer wieder faszinierend.

Wegen eines gepolsterten Bodens scheint der Käfig gar nicht so unbequem zu sein. Er überlegt eine Weile. Hockt sich vor den Hintern der schlafenden Frau und ist voller Bewunderung. Wirklich ein Arsch für Götter, wie man so schön sagt. Im selben

Augenblick findet er sich dabei wieder, wie er sanft über die zarten Arschbacken streicht. Er hat es wie in Trance getan und ihm fährt der Schreck in die Glieder, als sich seine schlafende Kollegin rührt. Sie stemmt sich hoch und ihn trifft ein erst verschlafender und nichts verstehender Blick. Aber dann ein ärgerlicher. „Was tust du?", fragt sie scharf. Schließlich war sie vorher nur mit Lulu zusammen, wird ihm klar.

„Still, Sklavin", gibt er von sich und setzt alles auf eine Karte. „Wir müssen dich erst mal sauber machen, bevor du mir zur Verfügung stehen kannst." Er sieht ein Waschbecken und Haushaltstücher. Mit nur kaltem Wasser benetzt er mit leicht zittrigen Händen ein abgerissenes Stück Haushaltstuch und kehrt zum Käfig zurück. Seine Kollegin sieht ihn kritisch an, sieht auf das Haushaltstuch und dann ändert sich ihr Blick plötzlich. „Ja, Herr", haucht sie und lehnt sich wieder an, die Augen halb geschlossen. Thomas zieht entschlossen ihre Hinterbacken auseinander und reibt die Pflaume sauber. Susanne erschaudert durch das kalte Wasser. „Mal sehen, was wir hier haben", erklärt er mit ruhiger Stimme und Susanne haucht nur ein „Ja, Herr". Er beugt sich runter und leckt sie. Erst vorsichtig, dann energischer. Seine Zunge spielt an ihrem Kitzler und er geht so richtig hinein. Steigert sich in seine Arbeit, bis sich seine Kollegin vom Consulting an die Gitterstäbe krallt und stöhnt.

Ihr bestrumpfter Fuß arbeitet schließlich an der Käfigdecke, als sie ihren Höhepunkt hat. Ihre schönen, langen Beine strampeln im Käfig. Es ist schon ein einmaliger Anblick, diese nackte Frau in Reizwäsche, wie sie da in dem Käfig ihren Klimax hat. Schließlich liegt sie still und sieht ihn an. Matt, aber glücklich sind ihre Augen.

Er denkt, das sei der richtige Zeitpunkt, um etwas cooles zu sagen. „Sklavin, ich lasse dich noch eine Weile schmoren", sagt er und wendet sich zum Gehen. Er hat gerade die Türklinke in der Hand, da hört er den sehr energischen Tonfall von Consulting-

Susanne, den er zur genüge aus der Firma kennt. „Thomas! Lass mich gefälligst aus dem Käfig!" Genauso fordert sie ihn manchmal auf, doch endlich den Fehler aus der Softwaresuite zu nehmen, über den sich der Kunde schon beklagt hat. Er dreht sich um und sieht sie verdattert an.

„Die Projektbesprechung. Der Milestone Drei, Thomas. Die ist doch seit Wochen angesetzt." Der Schreck steht ihr plötzlich ins Gesicht geschrieben und sie fährt hoch, knallt leicht mit dem Kopf gegen die Käfigdecke.

„Au. Verdammt. Wie spät ist es eigentlich?"

„Kurz nach Sieben", antwortet er.

„Thomas! Wo ist der Schlüssel für den Käfig?" Irgendwo im Haus klingelt ein Handy, das hört er. Es ist dieser Titanic-Soundtrack, den Susanne als Klingelton hat und der die halbe Firma nervt.

„Fuck! Das ist Jochen. Der wartet auf mich. Die Fahrgemeinschaft!"

Thomas grinst. „Wenn ich den Schlüssel erst nach einer Stunde finde. Läuft das dann unter Mind-Fuck? Auch so eine SM-Disziplin."

„Thomas!"

EPILOG

Zwei Tage später

In der Firma geht Thomas erschöpft über den Flur. Er will in der Küche einen Saft trinken. Da stehen immer genug Kisten mit Fruchtsaft herum. Da kommt Susanne aus der Damentoilette. Es entsteht ein komischer Moment, als sich beide auf dem langen Flur gegenüberstehen. „Du…", gibt sie nur von sich. Thomas räuspert sich nur, weiß aber nicht, was er jetzt sagen soll. Auch wenn er jetzt gern etwas cooles von sich geben würde. Plötzlich macht Susanne einen Schritt auf ihn zu und steht direkt vor ihm. Er atmet ihre Parfumwolke ein, die Gedanken an ihren Anblick weckt, wie es damals in der Villa war. Als sie nackt und nur mit Nylons und Strapsen im Käfig gesteckt hatte. Oder wie sie gefesselt und sogar verheult auf dem Boden gesessen hat.

„Du", sagt sie wieder. „Kommst jetzt mit", fügt sie hinzu und nimmt am Ärmel. Krallt sich richtig fest. Sie zieht ihn entschlossen in die Behindertentoilette, die sowieso höchst selten jemand benutzt. Sie schließt die Tür ab und ihm wird ein bisschen mulmig. „Es ist eine alte Fantasie von mir", haucht sie mehr, als dass sie es sagt. Mit rotem Kopf. Sie knöpft sich die Bluse auf, dass man ihren rosa BH sieht. Sie nimmt ihre mittelgroßen Brüste heraus, indem sie die Cups nach unten wegfaltet. Er muss schlucken und weiß nicht, was er sagen soll. Auch nicht, als sie sich die enge Jeans auszieht und in hautfarbener Strumpfhose mit rosa Slip drunter dasteht. Sie rollt sich die Strumpfhose herunter, bis sie einfach als Rolle über den Knien hängt, den Slip gleich mittendrin. Er sieht fasziniert auf ihre nackte Muschi. Ob sie jetzt hier und jetzt genommen werden will? Während draußen die Kollegen vorbeigehen. Jedenfalls manchmal. Sie grinst und schaltet den Händetrockner ein, der einen Heidenkrach macht. „Nimm deinen Gürtel raus, Thomas", stößt sie schweratmend hervor, während sie sich über das Waschbecken beugt und sich an den Handgriffen festhält.

Wie in Trance zieht er den Gürtel aus seiner Hose und legt ihn zusammen. Doch sie sieht ihn an und schüttelt den Kopf. „Du machst das falsch, Thomas", weist sie ihn zurecht. Sie erhebt sich wieder und rollt den Gürtel zusammen, so dass nur noch ein Teil des Gürtel frei ist. „Halte die Rolle so in der Hand", erklärt sie ihm und beugt sich wieder vor. Sie wackelt mit dem nackten Hintern. Thomas hebt den Gürtel, da hört der Trockner auf mit seinem Lärm.

„Oh, muss man denn hier alles selber machen", nörgelt sie und schaltet ihn wieder ein.

Als nächstes guckt Harry Anders vom Controlling ziemlich dumm aus der Wäsche, als von der Behindertentoilette ein ziemlich hoher Frauenschrei zu hören ist. „Muss die Periode sein", murmelt er, in einen Computerausdruck vertieft.

ENDE

E-Book bei BoD und im bekannten Internet-Buchhandel.

E-Book um Online-Buchhandel

Vom Autorenduo Marlisa Linde und Rodrigo Thalmann sind noch viele weitere Romane bei BoD verfügbar.